Bueno, aquí estamos

Graham Swift

Bueno,
aquí estamos

Traducción de Antonio-Prometeo Moya

EDITORIAL ANAGRAMA

BARCELONA

Título de la edición original:
Here We Are
Simon & Schuster
Londres, 2020

Ilustración: © Eva Mutter

Primera edición: febrero 2022

Diseño de la colección: Julio Vivas y Estudio A

© EDITORIAL ANAGRAMA, S. A., 2022
  Pau Claris, 172
  08037 Barcelona

ISBN: 978-84-339-8112-7
Depósito Legal: B. 1142-2022

Printed in Spain

Liberdúplex, S. L. U., ctra. BV 2249, km 7,4 - Polígono Torrentfondo
08791 Sant Llorenç d'Hortons

Para Candice

Son ilusiones de la vida lo que recuerdo.

JONI MITCHELL

Jack esperó entre bastidores. Sabía retrasar su aparición la cantidad exacta de segundos. Estaba tranquilo. Tenía veintiocho años, pero con doce de experiencia escénica, sin contar el año y medio que había estado en el ejército, era todo un veterano. Los tempos se llevaban en la sangre, si pensabas en ello te liabas.

Se toqueteó la pajarita, se llevó la mano a la boca y carraspeó educadamente, como si estuviera a punto de entrar en una habitación cualquiera. Se alisó el pelo. Con las luces de la sala amortiguadas oía el creciente murmullo, como si algo empezara a hervir.

No ocurría con frecuencia, pero en aquel momento ocurrió. La súbita contracción del estómago, el pánico, el vértigo, las náuseas. No tenía que hacer aquello: transformarse en otro. Planteaba la petrificante pregunta de quién era él, de entrada, y la respuesta era sencilla. No era nadie. Nadie.

¿Y dónde estaba? No estaba en ninguna parte. Estaba en una frágil plataforma construida sobre las inquietas aguas del mar. Normalmente no pensaba en ello. En aquel momento incluso sus piernas habrían podido transformarse en inútiles puntales de hierro oxidado, fijados en la arena. Por encima de todo estaba el temor a que vieran aquello, a que supieran que sufría de aquel modo.

Nadie lo sabría nunca. Nadie en cincuenta años. Comprobó la cremallera del pantalón por cuarta o quinta vez, limitándose ya a rozar el aire. Necesitaba que alguien lo lanzara, que le dieran el brusco empujón por la espalda. Solo una persona había sabido hacerlo: su madre. Aquello tampoco lo sabría nunca nadie. Todas las noches, todas las veces, allí estaba su empujón invisible. Él apenas lo notaba y apenas pensaba en darle las gracias.

¿Dónde estaba aquella noche? Por lo que él sabía, estaba con un hombre llamado Carter, ella lo llamaba su segundo marido, un tipo que tenía un garaje en Croydon. Que le aprovechara. En cualquier caso, aquello no le había impedido darle el invisible empujón en la espalda todos aquellos años. A veces incluso imaginaba, nuevamente invisible entre los asientos, en la oscuridad, su mirada vigilante y aprobadora.

Ese es mi Jack, ese es mi brillante muchacho.

Propietario de un garaje y se llamaba Carter. Es una pregunta, amigos, es una pregunta. Había un teatro en Croydon que se llamaba El Grande. Él había actuado allí, en una comedia musical navideña. El sirviente Buttons. ¿Se había presentado ella en secreto con el señor Carter, oliendo a motor de coche y pensando: la dichosa Cenicienta? Ese es mi Jack, mi chico.

Ahora era un chico de veintiocho años y todo un veterano, llevaba como una segunda piel aquella indumentaria blanquinegra que era el desfasado atuendo de los animadores, los estafadores, los disfrazados de todo el mundo. En los últimos tiempos se llevaban los pantalones vaqueros, las cazadoras de cuero y las guitarras de sonido vibrante. Pero había conocido todo eso demasiado tarde. Lo suyo era el bastón, el canotier y los zapatos de claqué. «Y ahora, amigos —no gritéis demasiado fuerte, chicas–, ¡los sensacionales Rockabye Boys!» Como si él fuera su puto tío. Pero tenía la clase de aspecto (y él lo sabía), la sonrisa y el mechón de pelo – volvió a echárselo hacia atrás– capaces de dejarlos boquiabiertos (en escena y fuera de ella, dicho sea de paso). Siempre que consiguiera salir a escena.

En cuanto al «primer marido» de su madre, había un hombre que ni era realmente nadie ni estaba realmente en ningún sitio: su padre. Pero entre uno y otro –y había sido un intervalo largo– también ella había trabajado en el teatro, y qué oficio más cruel y más cabrón. Si piensas en él te lías. ¿Y a quién tenía ella para que le diera el empujón?

Nadie debía ver aquello, nadie debía saberlo. Oía el creciente murmullo que esperaba para engullirlo. Tenía que respirar, respirar. «No llores, Cenicienta.» Ahora solo se tenía a sí mismo para recibir el empujón, pero ¿cómo dárselo? Cruza la línea, pasa el límite.

Jack era maestro de ceremonias aquella temporada (la segunda) y Ronnie y Evie eran los primeros después del intermedio. Trabajaban en el espectáculo gracias a Jack y no estaba tan mal ser los primeros después del intermedio. Cuando todo cambió y se fue a pique aquel agosto, pasaron a ser los últimos, solo por delante del número de Jack que cerraba la función.

Por entonces también empezaron a ocupar un lugar más importante en el cartel. La gente iba especialmente para verlos a ellos. En las carteleras empezaron a verse, pegados encima, volantes que decían: «Vengan y vean con sus propios ojos.» Jack había comentado: «¿Con qué otros ojos podrían ver?» Pero sus ocurrencias no eran muy numerosas en aquellos tiempos. Sus chistes públicos prosiguieron. ¿Conocéis aquel de la mujer del propietario del garaje? El espectáculo debía continuar.

–Estáis en Brighton, amigos, así que saltad como cabritánicos.

Todo esto siguió hasta principios de septiembre, y el público solo veía el lado asombroso de la cosa, esa cosa de la que tanto se hablaba. Entonces terminaba el espectáculo y la cosa de la que tanto se hablaba no era más que eso, solo podía existir en el recuerdo de quienes la habían visto, por sus propios ojos, durante aquellas semanas de verano. Luego esos recuerdos se desvanecerían. Incluso podrían acabar preguntándose si la habían visto de verdad.

También acabaron otras cosas. Ronnie y Evie, que habían tenido un debut notable, que habían salido de la nada, se habían hecho famosos aquel verano y habían alcanzado una posición segura, y hasta parecía que tenían un gran futuro por delante, no volvieron a aparecer en escena. A Ronnie no volvieron a verlo nunca más.

Eddie Costello, un gacetillero local de «Artes y Espectáculos», había escrito hacía un mes, o antes, que la pareja –porque eran pareja en la vida real– había «arrasado en Brighton». Seguramente una exageración en su momento, ahora era la mitad de la historia, que ya no era una simple noticia de «Artes y Espectáculos».

Evie acabó por quitarse el anillo de compromiso. Había sido otro ejemplo de que el espectáculo debe continuar. En la época en que se le ocurrían bromas a porrillo, Jack había soltado que aunque se habían comprometido a actuar en verano, no tenían por qué estar comprometidos. Pero era evidente que lo estaban. El anillo de compromiso, con su única y brillante gema, era además un complemento visible –pequeño pero visible– del atuendo plateado de la muchacha. ¿Qué efecto habría producido si se lo hubiera quitado antes de terminar la temporada? Era, como todos los anillos de aquella naturaleza, una garantía. Si todo hubiera funcionado, y seguro que lo habría hecho, se habrían casado aquel septiembre al acabar la temporada y se habrían ido de luna de miel, a ser posible no a Brighton.

O quizá Evie esperaba que por seguir llevando el anillo todo volviera a ser como antes. Que todo pudiera rectificarse. No se lo había devuelto a Ronnie. Ronnie no se lo había pedido. Ronnie no había dicho nada. Que el propio anillo decidiera.

Un día de aquel septiembre, cuando terminó la temporada y la policía dijo que ella era libre de irse de Brighton, Evie hizo algo que estaba cantado. Fue al final del muelle, se quitó el anillo y lo arrojó al mar.

15

Nunca se lo dijo a Jack. Incluso entonces había pensado, sin saber qué iba a ser de su vida, que tirar el anillo podía hacer, en cierto modo, que todo volviera a ser como antes. Incluso podía hacer que Ronnie volviera.

Era el típico espectáculo de costa en vacaciones. Variedades. Números que iban desde acróbatas de circo hasta los prometedores Rockabye Boys, pasando por la gorda y ya no tan prometedora Doris Lane, unas veces conocida como «Señora de la Melodía», otras llamada (por impertinente referencia a una de sus rivales) «Novia de las Fuerzas Armadas». Números que iban desde malabaristas hasta giraplatos, pasando por «Lord Archibald», que apareció con un gigantesco oso de peluche –«tenía la mano metida en su culo», en palabras de Jack– con el que hablaba, y que le respondía con un notable talento para la réplica. Durante toda aquella temporada sostuvieron conversaciones sobre la cambiante situación del mundo: lo que Macmillan le habría dicho a Eisenhower y cosas por el estilo. A veces incluso podían «ser» Macmillan y Eisenhower, o Jrushchov y De Gaulle. Era graciosísimo, un oso de peluche hablando como el general De Gaulle.

Pero todo se sostenía gracias a Jack, que era el maestro de ceremonias. Daba la impresión de que el espectáculo era suyo. Todos acabaron estando bajo su égida y no habría sido lo mismo sin él. Colega de noche, perfecto anfitrión. Fuera de escena decía que él era únicamente el que engrasaba las ruedas: cuanta más grasa, mejor. Pero esa no era una tarea pequeña.

16

Por entonces era Jack Robinson, como el de la frase hecha «antes de que puedas decir Jack Robinson». Un poco de rollo, unos chistes, algunos obscenos, un poco de canto, un poco de baile, un poco de taconeo. Hacía las presentaciones y los interludios, pero también tenía algunos números propios y siempre aparecía al final para cerrar la función y hacer sus piruetas de despedida.

Lo importante era que todos volvieran a la calle con el humor festivo confirmado, sintiendo que habían gastado bien su dinero, que se habían divertido, y creyendo que también ellos podían cantar y bailar un poco. Para muchos, el espectáculo nocturno del muelle era el plato fuerte del día.

–Y con esto, amigos, vuestro querido colega Jack Robinson os da las buenas noches y os desea felices sueños, durmáis con quien durmáis. Acompañará vuestra salida una breve canción. Creo que ya la conocéis. ¡Maestro..., cuando quiera!

When the red, red robin... (Cuando el petirrojo rojo, rojo...)

Si el público se animaba, a lo mejor la cantaba mientras salía. También es posible que cuando todos estuviesen fuera y viesen las farolas, y oyeran y oliesen el mar otra vez, cantaras algunos pasajes de la canción en su cabeza, o incluso en voz alta, mientras recorrían con pasos alegres el paseo de madera.

I'm just a kid again doing what I did again! (¡Vuelvo a ser un niño y hago lo que hacía de niño!)

Era agosto de 1959.

Cuando Ronnie y Evie pasaron a ser los últimos, desplazando incluso a los Rockabye Boys, el número de despedida de Jack se volvió, en muchos aspectos, un poco más difícil. ¿Por qué Ronnie y Evie habían pasado a ser los últimos? Porque a pesar de que el espectáculo debe continuar, había otra ley del teatro que decía: guarda para el final cualquier cosa que cueste entender. Pero no contar con el número de clausura de Jack habría sido inconcebible, incluso habría cambiado la naturaleza de la función. Así que, cuando se acababan los aplausos dedicados a Ronnie y Evie, tuvo que adaptar su peroración de despedida. Levantaba las manos, las juntaba y las apretaba, como si compartiera el aplauso o como si saludara con fervor. Sacaba un pañuelo blanco para secarse la frente. Y daba un sesgo pícaro al hecho de haber sido eclipsado.

–¿No os lo dije, chicos y chicas? ¿No os lo dije? Ahora tenéis que conformaros conmigo. Habéis bajado a la tierra, ¿verdad?

Extendía el pañuelo sobre la mano y lo agitaba, como si le diera órdenes. Miraba al público y se encogía de hombros.

Sabía pulsar la nota del compañerismo bufonesco. Volvía a tenerlos en el bolsillo. Era una habilidad suya. Incluso en aquella época se notaba que el tipo no era solo buen aspecto y maquillaje.

Eddie Costello, que acabaría escribiendo para *News of the World,* afirmaría siempre que se había dado cuenta, aunque por entonces prefería a Ronnie y Evie.

Estos dos, que volvían a ser ellos mismos cuando regresaban a su camerino, oían cómo la banda tocaba y el público cantaba con Jack. Ellos no cantaban. Puede que ni siquiera se hablasen. O puede que lo intentaran. El público que los había visto unos momentos antes haciendo maravillas no imaginaba aquella ineptitud fuera de escena.

Años, décadas después, cuando Jack ya había dejado de ser Jack Robinson –¿quién recordaría entonces a aquella fugaz figura?–, cuando volvía a ser solo Jack Robbins, aunque algunos dijeran que un día había de ser *Sir* Jack Robbins, solía decir en entrevistas, con modestia señorial: «¿Actor? Ah, solo soy un viejo que canta y baila.» Y aún sabía cantar para sí, representando el papel, su canción de antaño. *Wake up, wake up, you sleepy head!* (¡*Despierta, despierta, cabecita adormilada!*) Y aún podía, si lo deseaba, hacer el guiño y exhibir la sonrisa deslumbrante del extremo del muelle, guiño y sonrisa bien visibles y casi tangibles desde la última fila.

Aquel verano pudieron ver a menudo a Jack, a Ronnie y a Evie en el Walpole Arms. Formaban un trío asimétrico o, con más frecuencia, un cuarteto asimétrico: Ronnie y Evie, la pareja comprometida, y Jack con cualquier muchacha dócil pero pasajera, cuyo nombre se olvidaría pronto, que pudiera estar en aquel momento colgada de su brazo.

Pero conforme agosto avanzaba hacia septiembre dejó de haber trío y cuarteto. Si Ronnie y Evie apenas se hablaban, tampoco Jack y Ronnie cruzaban muchas palabras. Sin embargo, todo esto ocurría mientras

Ronnie y Evie subían de puesto en el cartel, y Ronnie, gracias nuevamente a Jack, adquiría un título teatral que no adquiriría ni el mismo Jack (que tampoco sería nunca Sir Jack).

Y Lord Archibald y su oso de peluche no tenían ninguna dificultad para hablar entre ellos, en absoluto. Jack y Ronnie se conocían desde hacía años. Se habían visto por primera vez durante el servicio militar. Los dos, cada uno por su lado, habían puesto a prueba la paciencia de las autoridades militares alegando que sus ocupaciones civiles eran, en el caso de Jack, no «cantante y bailarín» sino «cómico», y en el de Ronnie «mago». Ninguno de los dos había sido deshonesto ni había hablado en broma (ni siquiera Jack).

El ejército habría podido encontrar mil maneras de castigar su jocosidad o, si no, de integrarlos en una unidad de entretenimiento de las tropas. Hizo algo intermedio. No los obligó a hacer interminables ejercicios en el barro, sino que, tomándolos por delicadas criaturas artísticas, les encargó aburridos trabajos casi civiles. Como Jack diría tiempo después, los obligaron a guardar y defender a cualquier precio los archivos del Real Cuerpo de Transmisiones.

No fue demasiado cruel por parte del ejército, que al fin y al cabo habría podido enviarlos a algún lugar donde habrían podido recibir un balazo. Tenían libres casi todos los fines de semana. Como contaría Jack en el Walpole, embelleciendo ante Evie algunas etapas de la vida de Ronnie que el propio Ronnie no parecía haber detallado, los días laborables estaban en Blandford —«en el verde refugio de Dorset»— y todos los fines de semana en la ciudad, para mantener, de un modo u otro, los vínculos con el mundo del espectáculo.

–No te preocupes por las Transmisiones, Evie. Somos el ECLV. En Casa Los Viernes.

En ese período Jack llegó a ser conocido por su habilidad para divertir a todo el barracón, antes de que apagaran las luces, con gráficas imitaciones (habría podido ser otro Lord Archibald) de casi todos los oficiales que se cruzaban en su camino, y Ronnie llegó a ser conocido como un hombre con el que era arriesgado jugar a las cartas. No solo ganaba, sino que de repente podía transformar la partida en otra cosa totalmente distinta.

Después de licenciarse siguieron en contacto e incluso durante un tiempo formaron un dúo de suerte dudosa. ¿Un cómico que baila y canta *con* un mago? Era imposible que funcionara. Pero fue Jack quien, tiempo después de la amistosa separación y cuando ya había progresado mucho como artista en solitario, corrió en ayuda de la todavía vacilante trayectoria profesional de su amigo. Había sido contratado para ser maestro de ceremonias del espectáculo de Brighton durante una segunda temporada (todo un éxito) y en consecuencia tenía cierta mano con la dirección, y fue entonces cuando le dijo a Ronnie: «Búscate un ayudante y te consigo un hueco el verano que viene.»

No hizo falta que Jack le dijera que con «ayudante» se refería a una mujer. Tampoco hizo falta que le explicara que la magia por sí misma estaba bien (¿qué otra cosa podía ser la magia sino mágica?), pero que la magia *con* glamour era lo bueno de verdad.

21

Ronnie no había dicho que no. Corría el año 1958. Era un mago, pero había aprendido algunas de las desencantadoras verdades del mundo del espectáculo. Era una oportunidad que no podía desaprovechar. Pero su otra posible respuesta no habría pecado de falta de realismo. ¿Contratar a una ayudante y que encima fuese glamourosa? ¿Cómo? Estaba a dos velas.

Pero muy poco después de eso, Eric Lawrence, conocido anteriormente como «Lorenzo» (y a menudo, en la cabeza de Ronnie, simplemente como «El Hechicero»), falleció sin previo aviso.

Los caminos de Jack y Evie no se habían cruzado hasta entonces, pero eran de la misma especie y ambos se habrían dado cuenta enseguida. No tardaron los tres en ser amigos. Era lógico. Ronnie y Evie debían a Jack el hecho de estar allí. Podía decirse, pues, que Jack había urdido una especie de magia.

A Ronnie, sin embargo, le dijo otra cosa:

–Yo solo dije que consiguieras un *ayudante*.

Jack no era de los que se comprometían, aunque si no se reunía con Ronnie y Evie en el Walpole solía ser porque había quedado con una chica. A veces la chica se reunía con ellos. La chica era muy consciente de que estaba frente al habitual grupito de tres y por lo tanto de su condición de secundaria, pero, como Evie le dijo en cierta ocasión a Ronnie: «Al menos ha tenido su oportunidad.» Ronnie y Evie acabaron por llamar «Flora» a todas esas muchachas que iban y venían, y que se condensaban en una sola. ¿Quién será Flora esta semana? Sus verdaderos nombres no parecían tener mucha importancia.

El bar del Walpole era un conocido lugar de encuentro de la gente del teatro y Eddie Costello se dejaba caer ocasionalmente por allí para tomarse una jarra de Bass y echar un vistazo. Mientras estaban en el Walpole, los ojos de la Flora de turno se encontraban con los de Evie o viceversa. O Evie se daba cuenta de que la muchacha se fijaba en el anillo de compromiso que llevaba en el dedo. La chica tenía quizá dieciocho o diecinueve años. Evie tenía ya por entonces unos experimentados veinticinco, aunque no hacía tanto que había andado de bracete con una pandilla de jovenzuelas saltarinas, todas pequeñas Floras como Dios manda. Y dedicaba una compleja sonrisa a la determinación con que la muchacha se colgaba del brazo de Jack.

Oh, sí, poned a Ronnie al lado de este amigo suyo, Jack Robbins, ¿y a por cuál iría una niña tonta? En el caso de que fuera una niña tonta. Pero Ronnie tenía algo, y Evie lo sabía ya. Y, en cualquier caso, ¿no había ya algo entre ellos? Su número tenía mucho éxito, ¿y no era ese su sencillo secreto? Fuera como fuese, tenían algo. Juntos eran buenos, hacían una pareja perfecta. Se sabía, se notaba. A ella le gustaba creer que cuando la gente los veía en escena percibía ese algo que tenían. Y fíjate tú, ella incluso tenía en el dedo un brillante anillo de compromiso para confirmarlo.

La chica clavaba los ojos en la sonrisa de Evie y, todavía sujeta al brazo de Jack, enterraba la nariz en su bebida.

Cuando Jack presentaba el número de ellos, justo después del entreacto o en el lugar de más categoría que ocupó después, decía a veces, siempre la magnanimidad personificada: «Y ahora, chicos y chicas, quiero que conozcáis al auténtico Señor Magia. No como yo, ¿eh?» Y esbozaba su inmóvil sonrisa de muñeco.

Jack Robbins y Evie White eran de la misma estirpe y quizá, en aquellos tiempos, de una variedad muy abundante. Al igual que la madre de Evie, según averiguaría esta, la de Jack le había dado cuerda, como si fuera un juguete, para que se dedicara al teatro desde su más tierna infancia.

Era una posibilidad. Si no tenías nada más, al menos tenías tu propia persona, podías utilizarla para actuar y entretener. Las madres que habían recibido determinada educación parecían saberlo y en los casos en que ya no había un padre disponible –también en esto descubrirían Jack y Evie que eran parecidos– podían estar deseosas de transmitir este conocimiento.

Evie había tenido una madre así que la había convencido, adiestrado y llevado a pequeñas audiciones muy concurridas. Evie no olvidaría nunca que después de aquellas ocasiones decía: «La vida es injusta, querida, siempre lo ha sido y siempre lo será», y que luego añadía, con una sonrisa radiante: «Pero no te preocupes, cariño, ya llegará tu oportunidad.»

¿En qué debía creer? ¿En la injusticia o en la oportunidad que estaba por llegar? ¿Y qué significado había que dar a esa «oportunidad»? Sonaba a algo temporal.

En cualquier caso sonaba a lo que ella hacía. ¡Sencillo! Se levantaba y, sin el menor titubeo y casi por instinto, giraba sobre sus talones, sonreía y trazaba figuras con los brazos, incluso, calzada con buenos zapatos, golpeaba el suelo con el tacón y la puntera, y abría la boca para cantar. Pero, hasta el momento, ninguno de los hombres y ninguna de las ocasionales mujeres que estaban sentados a las mesas, con el lápiz en la mano, la había señalado y elegido entre todas las esforzadas y codeantes niñas de once o doce años, todas preparadas y acicaladas por sus madres y que hacían más o menos lo mismo. O mejor. «¡La siguiente, por favor!»

—Debes cuidar las piernas, Evie. Aunque creo que ellas se cuidan solas. Y debes sonreír siempre, nunca olvides la sonrisa. Tienes piernas y una bonita cara, ángel mío, pero creo que lo que debemos trabajar es tu voz.

Era verdad. Tenía piernas y ellas solas crecerían y se volverían más atractivas, y tenía una bonita cara y sabría cómo utilizar ambas cualidades. Sabía sonreír, sabía bailar, pero —la vida es injusta— nunca había sabido cantar, por mucho que abriera la boca y se esforzara por utilizarla. Así que tendría que hacer cosas para que no se notara esta deficiencia.

Lo cual no fue en realidad muy difícil cuando se encontró por fin cogida del brazo de otras chicas que también habían tenido once o doce años, dando pataditas al aire, girando sobre su eje y oscilando hacia aquí y hacia allá con ellas, y siempre sonriendo, ¡sonriendo! Si había que cantar, bueno, que las otras cantaran por ella mientras ella movía las mandíbulas con entusiasmo.

Keep your sunny side – up – up! (¡Enseña tu lado más alegre!)

Evie White. ¿No era una simple corista en otro tiempo? ¿No salía en cierto número? De variedades.

Pero Jack, que había empezado del mismo modo y había soportado el mismo temprano adiestramiento materno, sabía hacer de todo, incluso cantar.

There'll be no more sobbin' when he starts throbbin'... (No habrá más lágrimas cuando se ponga a trinar...)

Ronnie Deane era harina de otro costal y, según Evie descubriría, aunque solo después de perseverar un tiempo, había entrado de un modo distinto en el mundo del espectáculo y tenido una madre también distinta.

Una vez, cuando Ronnie tenía solo cinco años, la madre lo había asido de la mano y llevado unas calles más allá de donde vivían, a las puertas de un colegio donde pensaba que el niño aprendería cosas que le asegurarían una vida mejor que la que habían conseguido su sufrida madre y su padre, que se dejaba ver muy poco.

Tiempo después, Agnes Deane recordaría aquellas mañanas, coloreadas a veces por una vigorizante helada, como luminosos interludios en su vida parental.

–Sé bueno, Ronnie, sé buen chico –le decía, apretándole la mano por última vez. Una educación sana y bienintencionada, y Ronnie estaba dispuesto a respetarla. No tardó en ser capaz de ir solo, con impaciencia y orgullo, hasta las puertas del antaño temido colegio. Pero muy poco después, su madre volvió a asirle la mano y trató nuevamente de calmar su inquietud (la del niño y también la suya) mientras lo conducía a otro lugar de destino.

Agnes Deane. La vida no había sido justa y nunca lo sería. Vivía con Ronnie y, aunque solo ocasionalmente, con el padre del muchacho en la casa más humilde de Bethnal Green, pero al menos era una casa. Incluso tenía un patio trasero donde podían verse el imprescindible retrete, un siempre menguante montón de carbón y, apoyada en la pared del retrete, una bañera metálica que era el único medio de ablución general. El padre de Ronnie se llamaba Sid. El padre de Agnes se llamaba Diego. Sid era marino mercante. Agnes era fregona. Era inglesa al ciento por ciento, incluso del East End al ciento por ciento, pero su ascendencia española había bastado para que Sid viera en ella en cierto momento un atractivo exótico y para que Ronnie heredase sus rasgos más llamativos, su brillante pelo negro y sus penetrantes ojos oscuros.

Como lo que ocurrió con Agnes ocurrió en su comunidad, Sid no pudo eludir sus responsabilidades al estilo tradicional de los marineros. En su honor hay que decir, aunque Diego lo presionó un poco (Sid afirmó en una ocasión que Diego había querido rebanarle el pescuezo), que estuvo a la altura de las mencionadas responsabilidades casándose con Agnes y que siempre volvió, aunque después de largas ausencias, con su mujer y su hijo. Y no permitió, ni siquiera mientras estaba en el mar, que su mujer dejara de recibir una parte de la modesta paga que tenía.

Así pues, Ronnie recordaría a su padre como un

simple visitante, una figura que podía aparecer en el momento menos pensado y desaparecer igual de repentinamente. Casi a causa de esta brevedad, los momentos en que su padre estaba presente podían ser indeleblemente vívidos.

Una vez Sid Deane se presentó en casa con un loro y con toda la fanfarronería del hombre que cree que llegar a casa con un loro es una buena idea. El loro se llamaba Pablo, incluso lo confirmaba diciéndolo: «Hola, soy Pablo.» Y Pablo era la forma española del segundo nombre de Ronnie. Entonces –y esta fue para Ronnie una pregunta que nunca recibió una respuesta clara–, ¿el loro era básicamente un regalo que el padre hacía a su hijo? ¿O era un homenaje a la ascendencia española de la madre?

Era un pájaro hermoso, sus plumas una preciosa mezcla de verde y azul con destellos rojos, y en el cuello tenía un babero de un amarillo resplandeciente. Aunque no hubiera sido capaz de decir su nombre, ¿cómo podía olvidarse a una criatura así?

A la madre de Ronnie no le gustó el loro. No fue bien recibido en su casa, y en cuanto el padre volvió a irse, la buena mujer, ante la consternación de Ronnie, se lo vendió a un hombre que comerciaba con animales domésticos y que estaba deseoso de poseer una rareza como aquella.

Fue al poco de empezar Ronnie la escuela, pero estaba presente cuando el comerciante llegó una noche para llevarse al animal, con jaula y todo. Observó atentamente el momento en que el hombre sacó del bolsillo unos billetes doblados y se los dio a su madre. No sabía cómo habían acordado el precio ni el valor de un loro, e ignoraba cómo protestar o intervenir. No le habían enseñado estas cosas en la escuela, pero era consciente de que estaba recibiendo una dura lección sobre costumbres del mundo en las que era desdichadamente incompetente. Su impotencia lo convertía en una nulidad. Más tarde, acostado ya en la cama, sería un hervidero de juicios y opiniones, a cual más vehemente. No tenía intención de seguir siendo un buen chico. Su madre no era como él creía. ¿A quién debía odiar más, a ella o al comerciante? Imaginó una escena –aunque era inútil imaginarla a aquellas alturas– que le habría ahorrado todo aquel dolor recurriendo a una medida tal vez no menos dolorosa, pero que se le antojaba la única decente. Habría podido aprovechar un momento en que su madre estaba fuera para abrir la puerta de la jaula, aunque no sin haber abierto antes la ventana o la puerta de atrás. Así al menos habría ofrecido a Pablo la libertad y la posibilidad de elegir.

—¡Vete, Pablo!

Tenía apenas seis años. En su interior bullían estos pensamientos, luego se calmaron, pero nunca desaparecieron del todo. Y antes o después volvería su padre y no vería al loro.

Ronnie, muy prudentemente, decidió no decir nada. Era cosa de su madre. Era el momento de la verdad.

¿Dónde está?, preguntó Sid Deane con toda naturalidad. ¿Dónde está Pablo? Durante su breve estancia en la casa, el loro, asombrosamente, había aprendido a articular tanto la pregunta como la contundente respuesta: «¿Dónde está Pablo? ¡Estoy aquí!»

Pero Ronnie se quedó de piedra, porque la madre también tenía preparada una respuesta rápida:

—Se fue volando.

Era una mentira como una catedral, pero, vencido una vez más por los acontecimientos, Ronnie pensó que era mejor guardar silencio —de todos modos estaba estupefacto— y no dijo que ella se lo había vendido al comerciante de animales domésticos. Así que, en cierto modo, se puso de parte de su madre y cuando el padre lo miró en busca de una confirmación, Ronnie se quedó mirando al suelo con apocamiento, como si pudiera haber sido él el culpable de la fuga del loro. Al fin y al cabo, había fantaseado con ella.

Era demasiado joven para planearlo, pero si hubiera adoptado esta actitud más a conciencia, incluso si hubiera transformado la fantasía en embuste propio, su sacrificio podría haber reconciliado a sus padres. Aunque ¿de qué le habría servido a él? Su silencio ya era un sacrificio y no poco doloroso.

La señora Deane habría podido alegar en su defensa que Sidney Deane la había dejado con otra boca que alimentar. ¿Qué comían los loros? Y encima no paraba de cotorrear.

Cuando, mucho tiempo después, Evie preguntara a Ronnie por su infancia, solo le sonsacaría un puñado de cosas. Era un hombre lleno de secretos, quizá los magos necesitaban serlo. No era fácil conseguir que hablara de su padre o de su madre y sin embargo es probable que su silencio no tuviera nada que ver con la magia. Evie era feliz hablando de sus padres, aunque de su progenitor no había mucho que decir. Incluso se puso contenta cuando, llegado el momento, su madre conoció a Ronnie. Era su futuro marido, ¿no? Pero Ronnie no era hombre que enseñara sus cartas. Por ejemplo, Evie nunca supo nada del loro, aunque este había dejado en Ronnie una impresión duradera y formativa. Y eso que, desde cierto punto de vista, cada vez que la muchacha miraba a Ronnie, miraba al loro. Porque Ronnie, en escena, se llamaba Pablo.

–¿Por qué Pablo, Ronnie?

–Es mi segundo nombre.

Era decir las cosas a medias.

Incluso sin el loro como manzana de la discordia, los intervalos en que el padre de Ronnie estaba en casa podían abundar en altercados y no ser lo que deberían haber sido: remansos de paz y felicidad doméstica. Pocas eran las veladas que pasaban sin disputas violentas durante las que podía haberse dicho que si la madre se había alegrado, incluso aliviado porque el cónyuge se había dignado reaparecer, iba a alegrarse mucho más cuando se fuera.

Después de aquellos estallidos, la madre, a veces, se deshacía en lágrimas, pero más a menudo daba la impresión de que echaba chispas. Momentos después, Sid a lo mejor se llevaba a Ronnie aparte y, como para asegurarse cierta comprensión y cierta solidaridad del hijo antes de poner otra vez pies en polvorosa, decía

31

filosóficamente cosas como «es la sangre española, Ronnie», incluso «es la pasión española», dándole a entender en términos generales que no debía cometer en la vida los mismos errores que él.

Ronnie acabaría echando de menos a su padre, dado que lo veía de uvas a peras, y se esforzaría por suavizar el dolor de la nostalgia con sus propias reflexiones filosóficas, que venían a decir que seguramente solo añoraba a su padre del mismo modo que añoraba al loro: como se añora una aparición y no un elemento permanente, como se añora algo que tal vez no ha estado allí desde el principio. Pero ¿no podía decirse eso mismo de todas las cosas?

Y echaba de menos al loro.

Cierto día de 1939 Agnes llevó a Ronnie, que tenía ya ocho años, a una estación de tren, sabiendo que debía separarse de él con mucha seriedad, pero ignorando que, con excepción de otra visita meteórica, no volvería a ver nunca más a su marido. Tampoco, aunque en otro sentido, volvería a ver nunca más, puesto que habría cambiado, al hijo al que iba a renunciar.

Cuando todo se hubo dicho, aún era su niño bueno, su único hijo, su orgullo y su alegría, y en aquellos momentos le repitió más de una vez: «Sé bueno, Ronnie.» Sabía que no era como llevarlo a la escuela. La educación y el futuro del muchacho estaban ya fuera de su alcance. Pero así era con todo el mundo.

Había invertido dinero –y para Agnes no había sido una adquisición trivial– en un pañuelo blanco de algodón que llevaba metido en la bocamanga. Entre las madres corría el rumor de que era un artículo útil, porque facilitaba las despedidas y las hacía a ellas más visibles para los niños que se marchaban. No se hacía hincapié en su otra y más evidente finalidad.

No había tenido que hacer aquello, no era obligatorio, pero estaba en marcha un importante plan nacional para llevar a los niños a lugares seguros ¿y qué madre no querría hacer lo que fuera más seguro para sus hijos?

Llegó el momento en que las mujeres tuvieron que quedarse detrás de la barrera que impedía el paso a las vías, así que solo pudieron decir adiós con la mano, mientras agrupaban y contaban a los niños en el andén, antes de asignarles un lugar en los vagones. Todos llevaban etiquetas y máscaras antigás en cajas de cartón que les colgaban del cuello, así que incluso antes de partir era como si se hubieran perdido, dado que eran indistinguibles por su parecido y por el arremolinamiento general. Agnes ya no reconocía la cabeza de su hijo. Al mismo tiempo, los niños, entre los periodistas que había en la barrera, tampoco podían identificar a sus madres. El revuelo de pañuelos, semejante a una frenética bandada de pájaros blancos, no hacía más que enturbiar –tanto en una dirección como en la otra– las imágenes ya desdibujadas por las lágrimas. Algunas madres no sabían qué uso concreto dar a los pañuelos.

Pero Agnes, aunque ya no distinguía a Ronnie, siguió agitando la mano mientras se esforzaba por no llorar, incluso cuando todos los niños estuvieron en el tren y nadie los veía ya, incluso cuando el tren salió traqueteando de la estación y desapareció.

Cuando dejó de agitar la mano, cruzó Londres (ir a Paddington era toda una aventura) para volver a la casa de Bethnal Green, súbitamente vacía y como abandonada. Cuánto echaba de menos a su Ronnie. No había sido obligatorio separarse de él, pero lo había hecho. Era lo mejor. Eso era lo que significaba a veces ser madre: cumplir con resignación. Se enjugó las lágrimas. Como en muchísimas ocasiones anteriores, la desdicha consolidaba su resistencia y su fuerza.

¿Por qué llorar si su Ronnie estaba a salvo? Era ella quien iba a tener que soportar —y ni se imaginaba hasta qué extremo— la fiereza de los ataques aéreos. Tendría que salir corriendo hacia los refugios donde permanecería agazapada con vecinos igualmente aterrados mientras caían las bombas, una de las cuales podía reducir su casa a cenizas o, en un momento de mala suerte, incluso borrarla a ella del mapa (a veces llegaría a desear que así fuera). Pero al menos Ronnie, aunque lejos de ella, estaría a salvo de todo aquello.

Se secó los ojos con el ya sucio pañuelo e hizo una promesa: no volvería a utilizarlo, pero tampoco lo lavaría ni lo doblaría para guardarlo. Lo conservaría tal como estaba, con toda la angustia de aquel día impregnada en el tejido, hasta que la guerra terminase, como si fuera un amuleto. Pero no volvería a secarse las lágrimas con él.

Mientras tanto, Sid y muchos otros como él estarían más lejos aún y más a salvo de todo. En la inmensidad del mar azul. Seguros como fortalezas.

Ronnie, en el abarrotado convoy, lloraba y gimoteaba sin parar. Costaba contenerse cuando a su alrededor había tantos que hacían lo mismo. Todos entendían ya que el temido acontecimiento no era un engaño ni una simple amenaza, sino una cruel realidad. Puede que aquellas lamentaciones tuvieran algo de indignación infantil. ¿Cómo se habían atrevido sus madres a hacerles aquello?

Puede que sus madres hubieran tenido al mismo tiempo alguna escalofriante premonición de la era infernal en que se estaba adentrando la historia del mundo, de tal modo que la agitación de pañuelos podía haber tenido otra función no del todo consciente: una rendición propiciatoria. Por favor, ¿podemos recuperar a nuestros hijos? Pero ya era demasiado tarde.

Puede que los niños también hubieran quedado afectados por verdades que desbordaban su situación concreta. En cualquier caso, cuanto más los alejaba de sus madres el traqueteante convoy, más lloraban por aquellas mujeres que habían cometido con ellos aquella monstruosidad, más invocaban imágenes suyas, insoportablemente dulces. Ronnie volvía a sentir en los dedos el apretón que le había dado su madre con la mano en el momento de soltarlo aquella primera vez, en la puerta de la escuela. ¿Qué terribles puertas le aguardaban ahora?

Colgando del cuello tenía la etiqueta que indicaba de dónde era y adónde iba. Y, naturalmente, quién era. Aunque a Ronnie le parecía que durante aquel período de alejamiento, de brutal mezcolanza de vidas, incluso su identidad se había vuelto incierta.

35

No tenía una idea clara del lugar al que se dirigían. «Oxfordshire.» ¿Dónde estaba eso? Y la dirección de su punto de destino no empezaba, como casi todas las direcciones, con un número, sino con un nombre desconcertante: «Evergrene.» Aquel nombre no le decía nada.

Pasó cierto tiempo hasta que cayó en la cuenta de que las palabras se deslizaban a veces en silencio junto a nosotros hasta que de pronto adquirían sentido: Evergrene. Armonizaba suavemente con su nombre, como con su lugar de nacimiento. Pero no sabía si era un aviso de estímulo o una señal de mal agüero. Conforme se decantaba por lo segundo, el miedo reemplazaba a la desdicha.

Pero es notable, sobre todo cuando se tienen ocho años, la rapidez con que pueden cambiar el carácter y la tendencia general de las cosas, incluso la naturaleza misma del mundo.

Este grandioso éxodo infantil tuvo muchas consecuencias, no todas benignas. Habría historias de horror. Unos fueron a campamentos atroces. Otros a lugares que llamaban «casas buenas» donde fueron hechos prisioneros, esclavizados, cosas peores. Otros incluso se sintieron obligados a huir de los refugios y volvieron a hurtadillas, como extranjeros en su propio país, y se arriesgaron con las bombas.

Pero Ronnie llegó a una casa situada en las profundidades del campo —no sabía nada del campo—, donde, si no hubiera sido por las cortinas opacas y por otras privaciones e inconvenientes menores, nadie habría dicho que se estaba librando una guerra. Evergrene.

No tardó en olvidar la guerra y rápidamente empezó a creer que el lugar al que lo habían enviado era el lugar al que realmente pertenecía, incluso que su vida anterior, comprendida su casa de Bethnal Green y la existencia de sus padres, Agnes y Sid, había sido el resultado de una confusión o un malentendido.

En aquella casa vivían el señor y la señora Lawrence, Eric y Penelope, a la sazón en la madurez, sin hijos propios. Al aceptar a aquel tal «Ronnie» se habían limitado a aportar su granito de arena, de acuerdo con su espíritu caritativo y no combativo. Pero a Ronnie le pareció, casi desde el principio, que era él quien les hacía un favor a ellos. Que era como un regalo que ellos recibían alegremente. Además de la gratitud que le habían dicho que les debía, también había gratitud por parte de ellos.

«Acuérdate de dar las gracias, Ronnie»: esta frase había estado entre las más fervientes que había pronunciado su madre en la despedida, aunque la había murmurado entre dientes.

Pero es que se sentía agradecido y este sentimiento no tardó en vencer su determinación de no manifestar una emoción tan cobarde. Enseguida empezó a desear, aunque sabía que iba a estar allí solo «mientras dure esto», una expresión antaño terrible que sabía que podía significar años, la posibilidad de quedarse en Evergrene para siempre. Aunque esto casi equivalía a desear (aunque Ronnie dejó de pensar también en ello) que la matanza y destrucción que tenían lugar en el mundo no acabaran nunca.

Evergrene no se parecía a ninguna casa que hubiera conocido. Para dos personas tan solo resultaba enorme. Había habitaciones para hacer cosas diferentes. Había un comedor para almorzar. ¿Qué era almorzar? Había un cuarto de baño con una amplia bañera blanca. Había una sala de estar: una *sala* solo para estar allí. Había dos pequeños cuartos para cagar.

Incluso el jardín —¡el jardín!—, que parecía extenderse indefinidamente hasta fundirse con los árboles, tenía sectores separados: una parcela para verduras, un tramo de césped, arriates con flores, un invernadero y un cajón vivero. ¿Qué era un cajón vivero? Había incluso un señor anciano y apergaminado, pero todavía fuerte, que se llamaba Ernie y acudía de vez en cuando a la casa para cuidar el jardín. Durante un breve período, Ronnie creyó que Ernie vivía en el invernadero.

Por si no bastaran la casa y el jardín, también tenían un *coche*. A causa del racionamiento de la gasolina, se usaba muy poco, pero Ronnie tuvo ocasión de ir en él y a menudo se colaba en el desvencijado garaje de madera solo para comprobar que era de verdad.

Ante todo esto había reaccionado, durante el primer momento de asombro, con una obscenidad muda que jamás habría pronunciado en voz alta delante de los Lawrence, ni desde luego delante de su madre —solo tenía ocho años y aún era básicamente un buen muchacho—, pero que venía a demostrar, como su acento y otras cosas suyas, que había conocido la dura vida del East End.

—Es cojonudo —dijo para sí—. Cojonudo.

Sea como fuere, allí empezó Ronnie su nueva (¿auténtica?) vida. Allí vivió, mientras el mundo se desintegraba, con seguridad y comodidad, y en comparación con todo lo que había conocido hasta entonces, con lujo.

Más que eso. Allí fue cuidado y apreciado con cariño –dicho con propiedad, empezó a ser «amado»– por el señor y la señora Lawrence, así que cada vez le costaba más pensar en su madre, que sorteaba bombas y en consecuencia era merecedora de compasión, allá en Bethnal Green. ¿Dónde estaba Bethnal Green? ¿Caían realmente bombas allí? O pensar en su padre. ¿Dónde estaba? ¿Dónde había estado siempre?

Una de las responsabilidades a que se habían comprometido solemnemente Eric y Penelope consistía en no poner ningún empeño en sustituir a los padres de Ronnie y en hacer lo posible por mantenerlo en contacto con ellos. Pero no era cosa fácil, y en el caso del padre, imposible. La propia Agnes había afirmado en cierta ocasión que el verdadero nombre de Sidney Deane era «que nadie me busque». Pese a todos los sinceros esfuerzos de los Lawrence, Ronnie se estaba convirtiendo poco a poco en hijo suyo.

En Evergrene había teléfono. Se instó a la madre de Ronnie a que llamara cuando quisiera. De todos modos, era vital, cuando empezaron los ataques aéreos, que todos supieran que ella estaba bien. Ronnie fue incapaz de explicar al señor y la señora Lawrence que para su madre un teléfono era un objeto fuera de lo común (para él era otra de las exóticas maravillas con que vivía) y que la idea de hablar por aquel aparato con los habitantes de Evergrene –incluso de oír las bien pronunciadas palabras de Eric Lawrence– podía intimidarla más que las bombas de Hitler.

Por otro lado, es posible que el señor y la señora Lawrence tuvieran una impresión muy ingenua –aunque Ronnie no podía haberlos engañado en este sentido– sobre la situación en que estaba Londres, en particular sobre las posibilidades de reparar las cabinas de los teléfonos públicos.

El señor Lawrence, siempre deseoso de aportar su granito de arena, se había presentado voluntario para ser vigilante de los bombardeos aéreos. Tenía uniforme y casco, y cada dos noches, alternando con otro vigilante local, salía en medio de la oscuridad para hacer guardia. Pero la verdad era que aunque Londres y otras ciudades sufrían, en aquella parte del país apenas se vio caer una bomba. Ronnie pensaría a veces que el uniforme de vigilante del señor Lawrence era una tomadura de pelo, nada más que un disfraz que se había puesto. Todo parecía tener algo de engañifa. El principal recuerdo que atesoraría el propio Eric Lawrence de sus tiempos de vigilante sería aquella paz nocturna, tan sobrenatural. Mientras patrullaba, buscando delictivas ranuras de luz, elevaba los ojos al cielo (del que se suponía que tenía que caer el infierno), un cielo que, a causa de las ventanas tapadas, estaba iluminado por un espectacular despliegue de estrellas.

Entendía tan poco como Ronnie que zonas enteras de Londres pudieran estar ardiendo.

Ronnie empezó a ir a la escuela del pueblo –la señora Deane no tendría que temer que la educación de su hijo se descuidase– y mientras estuvo allí, el señor y la señora Lawrence fueron a Oxford en un par de ocasiones, una vez más por aquello del granito de arena.

Cuando fuese un poco mayor entendería que estaban en «comités» e incluso tomaron parte, en pequeña proporción, en la fundación de una entidad llamada Oxfam, para ayudar a los refugiados. Casi sufrió una conmoción cuando cayó en la cuenta de que eso era *él*, en cierto modo: un refugiado.

También llevaron a Ronnie a Oxford –no estaba lejos–, para que lo viese. Era un lugar especial. Tenía una cosa llamada universidad y, como el niño había empezado a ir a la escuela del pueblo, el señor y la señora Lawrence bromearon diciendo que Ronnie siempre podría aducir que había «estado en Oxford», broma que el niño no pilló al principio.

Oxford era ciertamente un lugar especial, Ronnie nunca había visto nada parecido, pero lo que realmente tenía de especial era que, a pesar de los sacos terreros que protegían las puertas y de los soldados que hacían instrucción en los campus, quedaría casi completamente indemne.

También esta circunstancia, durante los primeros días de su evacuación, lo invitaría a creer que la guerra era una especie de engañifa. Tiempo después, cuando supo cosas que le demostraron que era real, se enteró por el señor y la señora Lawrence de que cerca de Oxford había industrias que fabricaban municiones. A pesar de lo cual, Oxford estaba intacta.

–Bueno, sí –diría el señor Lawrence–, yo trabajé en una durante la otra guerra. –Al decirlo, dirigió una

41

curiosa sonrisa a Penny Lawrence, de tal modo que Ronnie pensó que había en marcha otra tomadura de pelo. Pero por entonces tenía ya la completa convicción de que con aquellos dos cualquier cosa podía ser verdad. A su alrededor empezaron a surgir muchas rarezas. Ronnie nunca había tenido ocasión de observar de cerca a dos personas adultas ni de profundizar en sus misterios. Puede que fuera porque él no había crecido aún lo suficiente, pero era extraño que los Lawrence pudieran ejercer una fascinación que no había experimentado con sus padres. Sus años de evacuado habían de proporcionarle muchas cosas, pero casi desde el principio le proporcionaron la curiosa sensación de que descubría y se iniciaba.

Le parecía que los Lawrence tenían, en efecto, aquel «asunto» que atendían en Oxford, pero también que no era su principal o su única ocupación. Sospechaba que Eric Lawrence trabajaba ocasionalmente para otras personas, que era su «contable». Penny Lawrence le había confiado en cierto momento que Eric era muy hábil con los números, haciendo sumas, pero lo dijo como si fuera una de sus actividades y no la más importante. Además, naturalmente, estaba la vigilancia que hacía por las noches. Parecían ser personas capaces de desempeñar una serie de funciones y de pasar continuamente de una a otra, no eran como sus progenitores, de los que Ronnie podía decir únicamente, si le preguntaban, que su padre era marinero y su madre fregona. Como si hubieran de ser aquello por toda la eternidad.

Se enteró de que Penny Lawrence había tenido un

abuelo que había vivido en Evergrene, en aquella misma casa, y de que Penny lo visitaba a menudo cuando era pequeña:

–Cuando yo tenía tu edad, Ronnie.

Al morir el abuelo, se la había legado a Penny –a ella y a Eric, dado que ya estaban casados por entonces–, porque ella siempre había amado el lugar y el viejo había querido que se la quedara.

–Fue como una dádiva del cielo, Ronnie. Una bendición de Dios. –Ronnie no entendía aquellas expresiones, pero captaba su esencia y guardaba las más bonitas («dádiva del cielo», «bendición de Dios») en algún rincón de la mente.

Penny le explicó que, obviamente, su hermano mayor, que se llamaba Roy, se molestó porque ella se quedara con la casa –y además con mucho dinero–, porque era la favorita del abuelo. De todos modos, Roy –Penny rió brevemente– se fue a Canadá, donde le iban muy bien las cosas, así que ¿para qué necesitaba una casa en Oxfordshire? Y Penny volvió a reír.

Ronnie no entendió ni jota de aquella historia –ignoraba lo que era Canadá y ¿para qué necesitaba saber nada de aquel Roy?–, pero Penny le contaba aquellas cosas como si fuera un adulto y estuviera en condiciones de valorarlas. Al mismo tiempo se daba cuenta de que aunque en teoría tenía que pensar en ellos como en el señor y la señora Lawrence, muy pronto había empezado a llamarlos Eric y Penny para su capote, como si no fueran diferentes de los amigos que había tenido en la escuela de Bethnal Green. Y muy pronto pensó, aunque no fue como si alguna vez le hubieran

43

dicho formalmente que podía, que estaba en condiciones de dirigirse a ellos en voz alta por estos nombres. O más bien que había ocasiones, y entendía muy claramente la diferencia que había entre ellas, en que debía decir «señor Lawrence» y otras en que podía decir «Eric».

Cuando la señora Lawrence, o Penny, sostenía aquellas breves charlas de adultos con él, hablando incluso de su hermano Roy, parecía recordar repentinamente que no era más que un niño, y entonces añadía por ejemplo: «¿Jugamos a serpientes y escaleras?» Había un aparador lleno de juegos. ¡Juegos!

O bien –algo mucho más interesante– lo miraba de pronto con una dulzura que Ronnie, no sin sorpresa por su parte, interpretaba con gran precisión como que deseaba que fuera su hijo, una expresión que podía fundirse con otra que casi parecía decir que efectivamente era hijo suyo y que su deseo se había hecho realidad. Era una expresión totalmente maravillosa y no menos maravilloso era ver que se transformaba en la otra. Y era mucho mejor que jugar a serpientes y escaleras.

Estas conversaciones –o juegos, o miradas– tenían lugar cuando el señor Lawrence se iba solo a Oxford. Cuando Ronnie volvía de la escuela pasaban alrededor de una hora juntos. Sus breves conversaciones (aunque Ronnie se limitaba sobre todo a escuchar) siempre parecían revelar algo nuevo. Por ejemplo, un día Penny dijo que el señor Lawrence se quedaría hasta la noche en Oxford y que volvería muy tarde. Era porque iba a dar una función. ¿Una *función?* Ronnie estaba seguro de que la señora Lawrence se burlaba de él y lo estaba incitando a que preguntara qué clase de función. Y no lo preguntó, porque habría sido caer en la trampa.

No obstante, le gustó que bromeara a su costa y dio la impresión de que a la señora Lawrence también le gustaba bromear. Y fue cierto que el señor Lawrence volvió tarde aquella noche, y Ronnie, que estaba en su dormitorio y se despertó por culpa de los ruidos de abajo (el coche que entraba en el garaje), oyó claramente que la señora Lawrence decía: «¿Cómo ha ido, querido?» Y que el señor Lawrence respondía: «No ha estado mal.»

Aquellos retazos de vida adulta no se parecían a nada que Ronnie hubiera conocido antes. Eran como lo que podía verse en un cine, lugar al que Ronnie solo había ido dos veces en su vida.

Y sin embargo todo podía volverse del revés. Penny Lawrence llevaba a menudo una holgada chaqueta de punto con grandes bolsillos laterales en los que hundía las manos y las agitaba, como si quisiese que le crecieran alas. O simplemente porque le gustaba agitarlas. Era como una niña. ¡Una niña! Seguramente de pequeña había sido aficionada a agitar las manos de aquel modo —en aquella misma casa, delante de su abuelo y de su engreído hermano Roy— y nunca había abandonado la costumbre.

A Ronnie empezó a gustarle mucho Penny Lawrence o al menos entendía que a Eric Lawrence le gustara mucho. También simpatizaba con Eric. Empezaba a preguntarse, aunque no tardó en poner fin a estos

45

pensamientos, qué sentiría su madre si pudiera verlo conversando con Penny Lawrence.

Y nunca podría imaginar a su madre de niña.

Poco después de llegar a Evergrene dio comienzo un intercambio de postales. Su madre le escribía: «Aquí todo bien. Besos, mamá.» Y Ronnie respondía: «Aquí todo bien. Besos, Ronnie.» Estas postales, aunque él no lo sabía, eran muy parecidas a las incontables postales que los soldados enviaban a sus casas y que tenían que ser breves y optimistas por razones de censura.

La señora Lawrence animaba a Ronnie a que dijera más, a que describiera su vida en Evergrene, incluso sus visitas a Oxford, pero Ronnie no estaba muy predispuesto. No quería que los «Todo bien» revelasen más de lo que indicaban, aunque el señor y la señora Lawrence le habían insistido, con algunas toses y cara avergonzada, para que dijese que los dos eran «muy simpáticos». Lo cual era cierto.

¿Y cómo iba a contar a su madre cosas como que Eric y Penny recibían a veces a amigos en casa, a otros adultos, al caer la tarde, las noches que Eric no tenía servicio de vigilancia (ni daba una «función»)? Tendido en la cama, los oía hablar y reír. Y una vez, antes de que empezase la velada, lo habían hecho bajar, en pijama, para presentarlo o simplemente enseñarlo, y cuando volvió a subir la escalera, oyó claramente que una visita decía, era una voz de mujer: «Es un niño encantador.» Y luego oyó que Penny Lawrence decía: «Sí, es verdad.»

Nunca le habían dicho una cosa así, nunca había imaginado que pudieran decir aquello de él. Encantador.

Pero lo más notable era que, aunque se trataba de sencillas reuniones domésticas, todos iban de punta en blanco, las mujeres en particular llevaban vestidos preciosos, collares, pendientes centelleantes y unos peinados de fantasía (nunca habría imaginado a Penny con aquellos pelos tan temblorosos). Le daba la sensación de que había cambiado todo, de que las mujeres se habían vuelto guapas y los hombres apuestos, de que todos eran encantadores; sí, esa era la palabra. Todos eran encantadores y tenían una bebida en la mano. ¿Era aquello dar una función?

En un rincón de la sala de estar (como había aprendido a llamarla) había una mesa que no había visto antes. Era cuadrada y tenía una superficie de un verde deslumbrante. Encima había un par de barajas bien ordenadas, pero también algo más. Una chistera. Sí, una chistera. No era un objeto que Ronnie hubiera visto mucho, pero no se había confundido. Estaba al revés, con el ala arriba, y daba la impresión de que podía utilizarse para meter dentro muchas cosas.

Ronnie se percató de estos detalles, aunque brevemente, porque estaba allí para exhibirse. Todos le dijeron buenas noches, él se despidió de los presentes y el verde *(green)* de la mesa le hizo pensar en el nombre del lugar en el que había acabado y, aunque estaba empezando a acostumbrarse a él, en lo maravillosa que era la coincidencia.

Las cosas no estaban únicamente bien en Evergrene, estaban de fábula. Pero decirlo (era capaz de darse

47

cuenta) podía herir a su madre y no le interesaba revelar que lo trataban a cuerpo de rey. Al mismo tiempo recelaba que los «Todo bien» de su madre tampoco reflejaban exactamente la verdad. ¿Cómo podían reflejarla si realmente caían bombas en Londres? (¿De verdad caían?) Y recordaba a la perfección que había contado que cierto loro se había ido volando cuando la verdad era que lo había vendido por dinero. Las postales cumplían su función: decirse que seguían con vida. Ronnie sabía que el señor y la señora Lawrence escribían a su madre por su cuenta y él no podía saber lo que decían. Puede que informaran sobre él. De todos modos, sabía que durante un tiempo el matrimonio había pensado que a la señora Deane podía gustarle la idea de visitar a su hijo e incluso de quedarse en la casa. Quedarse mientras «dure esto». ¿No sería esa la mejor solución para todo?

Estas sugerencias crearon una nube que estuvo suspendida durante un tiempo sobre la vida generalmente eufórica de Ronnie, que sintió un gran alivio cuando comprobó que no eran aceptadas. Poco a poco se fue poniendo de manifiesto que su madre solo había respondido a las cartas del señor y la señora Lawrence en muy escasas ocasiones y nunca por extenso. Se preguntaban por qué.

Ronnie se daba cuenta de que, aunque solo era un niño, en algunas cosas estaba más versado que sus mucho más crecidos anfitriones.

El intercambio de postales empezó a disminuir al cabo de un tiempo, mientras crecía la convicción –que incluso se permitió fortalecer– de que el hogar de Ronnie era ahora Evergrene. Era feliz allí (más que en toda su vida) y los Lawrence eran felices teniéndolo con ellos. Su tierna bondad lo envolvía y el matrimonio se había esmerado en poner a prueba los posibles límites del sentimiento. Ahora podía, sencillamente, prevalecer. ¿No era esta la mejor solución? ¿Incluso si se preguntaba honradamente por la posibilidad de cualquier otra? ¿Cómo se podía haber llevado una vida y cambiarla por otra sin más ni más?

Un ejemplo de tierna bondad que Ronnie no olvidaría nunca. En medio de toda esta inquietante incertidumbre sobre quiénes eran sus padres efectivos, correspondió a los Lawrence decirle a Ronnie que su verdadero padre, su auténtico pero apenas visible padre..., ya no existía.

Ronnie nunca sabría cómo se habían enterado Eric y Penelope Lawrence, pero estos dos entendieron claramente que debían ser los portadores de la noticia y que, pese a no tener ninguna experiencia en la crianza de niños y a pesar de sus años, debían hacerse cargo de cualquier cosa que el hecho pudiera comportar.

Se sorprendieron al ver la falta de reacción del muchacho, su mutismo, su contención, como si el hecho no tuviera nada que ver con él o como si no se hubiera enterado de lo que le decían. Puede que todo se debiera simplemente a la conmoción.

También cabía la posibilidad, y este efecto tal vez fuera culpa de ellos dos, de que el pobre niño no supiera qué creer.

Su padre se había «perdido en el mar». Había «desaparecido». Tales eran las expresiones oficiales que contenían y al mismo tiempo empañaban la verdad. Los Lawrence, por razones bien meditadas, habían deseado evitar palabras más concretas. ¿Se había perdido alguna en el camino? Era una desafortunada forma de preguntarlo.

Solo cuando aquella noche subió Eric para arropar al chico y ver si estaba bien, brotó la emoción a borbotones, con una abundancia y una fuerza que sorprendieron al mismo Ronnie. El señor Lawrence había pensado que Ronnie estaría simplemente acostado, obligado a emprender su propio viaje a través de la noche mientras (quizá) se hacía a la idea de que su padre no volvería a viajar nunca más. Tal vez no pudiera conciliar el sueño.

El señor Lawrence subió y se sentó al borde de la cama. Ronnie, en una de las cartas que nunca había escrito, habría podido contar que era una cama muy bonita y cómoda, con una colcha verde claro, en un dormitorio grande y muy bonito, con cortinas que armonizaban con la colcha, aunque ahora destacaban menos que la cortina opaca de prevención. La ventana daba a un jardín inmenso.

Ronnie no había contado ninguna de estas cosas a su madre y el señor Lawrence, por su lado, carecía de información sobre las estrecheces de los lugares donde se dormía en Bethnal Green. Pero se preguntaría si Ronnie, además de pensar en su padre, había pensado también en su madre y si tampoco ella (estaban en octubre de 1940 y los ataques aéreos estaban en pleno apogeo) podía conciliar el sueño.

Puso la mano en la frente de Ronnie, abarcando su pequeñez con la palma. Fue un gesto espontáneo, quizá sin intención de ser paternal, y más como el movimiento de un médico que comprueba la temperatura, pero Ronnie cayó en la cuenta de que su padre nunca había hecho nada tan tierno, aunque habría podido. La mano en su frente tenía una extraña cualidad cosquilleante.

–Duerme, Ronnie. Es lo mejor. Duerme.

Ronnie sintió casi inmediatamente que le pesaban los párpados, pero el señor Lawrence añadió:

–Creo que deberías pensar del mismo modo en lo sucedido. Que él duerme también, entre los peces.

Fueron estas palabras, la idea de que tanto él como su padre podían estar durmiendo y nada más, o tal vez la visión de multitud de pececillos rutilantes; el caso es que de Ronnie brotó –aunque solo después de que el señor Lawrence lo besara en la frente y se marchara– un impetuoso y convulsivo torrente de lágrimas. No podía contenerlas, así que siguieron brotando sin parar y lo envolvieron hasta que se quedó dormido. De modo que es posible que su último pensamiento fuera que sus lágrimas eran como el agua salada de las profundidades, aunque solo una parte mínima, bajo la que su padre yacía dormido y sumergido.

¿Por qué había llorado? Sin duda por su padre, pero también por una tremenda y abrumadora confusión que aturdía pero era buena. Por la extraordinaria metamorfosis que se había producido en su vida. Por el niño que había llorado delante de un tren sin saber nada de lo que iba a suceder, que había llorado entonces por su madre, por aquella madre por la que no lloraba ahora. A causa de la culpa y la consternación que sentía por poder llorar ahora por su padre y saber al mismo tiempo que ya tenía otro para reemplazarlo. A causa de la asfixiante gratitud que sentía por haber sido recogido y arrojado a tanta bondad. Pero más que eso. Más que toda aquella desconcertante prodigalidad. Había descubierto ya su finalidad en la vida. Había descubierto, o le había sido revelado, que el señor Lawrence no era únicamente, junto con su mujer, el propietario de un lugar encantado que se llamaba Evergrene, sino que además, aunque a la sazón obligado ya a trabajar dentro de ciertos límites (se estaba librando una guerra: «Hay poca demanda, Ronnie»), era un mago consumado.

Cierto día estaba sentado con Eric Lawrence en el murete de ladrillo del cajón vivero. Ronnie sabía ya lo que era un cajón vivero, pero una de sus funciones secundarias era servir de asiento los días calurosos. El señor Lawrence, mientras estaban allí sentados, tenía una taza de té en las manos y Ronnie un vaso de cerveza de jengibre. Esta bebida era fabricada por los Lawrence, como si las maravillas de aquella casa no tuvieran fin. Según le contaron, la receta se la había dado Ernie, que al parecer tenía un talento que desbordaba la jardinería y al que aquel día no se veía por ninguna parte. Ronnie ya estaba acostumbrado a esto. Ernie lo mismo estaba que no estaba.

La señora Lawrence les había llevado las bebidas y

había hecho mutis por el foro, como si supiera que iba a haber una conversación entre hombres. Cuando quería dar algo, y en ocasiones sin ningún motivo concreto, la señora Lawrence tenía una forma exquisita de decir: «¡Bueno, aquí estamos!» A Ronnie había llegado a gustarle mucho esta graciosa y extrañamente resonante expresión. ¡Bueno, aquí estamos! Muy contentos. Y además de verdad.

Y Eric Lawrence tenía ciertamente algo especial que comunicar.

Después de tomar un sorbo de té, se relamió y miró a su alrededor.

–El gran problema de este jardín, Ronnie, son los conejos. Llegan y se lo comen todo.

Era una observación extraña, porque el jardín estaba flanqueado por campos y arboledas, pero Ronnie no había visto ningún conejo en él. Puede que no hubiera mirado con detenimiento. Puede que fueran esas otras cosas que Ernie se encargaba de resolver. Más de una vez habían comido pastel de conejo, un plato que Ronnie no había probado nunca en Bethnal Green, pero que en las zonas rurales parecía ser un alimento básico en tiempos de guerra.

La señora Lawrence, al servirlo, había dicho en cierta ocasión:

–¿Qué haríamos sin Ernie?

Había mirado con mucho afecto a Ronnie mientras le llenaba el plato, así que el muchacho casi creyó que había dicho: «¿Qué haríamos sin Ronnie?» Fue una confusión agradable, al igual que la idea de que él y Ernie pudieran haber intercambiado sus papeles. Si hubiera sido una persona con más años y más refinamiento, habría podido decirle a la señora Lawrence: «Ah, pero ¿qué haríamos sin sus maravillosos guisos?» Y la señora Lawrence habría sentido tal vez un nudo en la garganta.

Pero nunca había visto conejos en el jardín.

Después de quejarse con tanta rotundidad de los conejos invasores, el señor Lawrence añadió de súbito: «¡Válgame Dios!» Utilizaba estas discretas expresiones, eran un poco como los «Bueno, aquí estamos» de la señora Lawrence. Hacían que Ronnie vigilara más sus tacos internos.

–Válgame Dios –dijo el señor Lawrence–, ahí tenemos unos cuantos diablillos.

Ronnie miró a un lado y a otro –hacia la parcela de verduras, hacia el césped–, pero no vio ningún conejo.

–No, Ronnie. Me refiero a los que están detrás de ti.

Ronnie se volvió y allí, en el bajo borde de ladrillo del cajón vivero y debajo de sus medio alzadas portezuelas de cristal, había uno, dos, tres..., no: cuatro conejos. Los cuatro blancos como la cal. Era como si hubiera habido una nevada extraordinaria y excepcionalmente concentrada. Pero aquella nieve estaba viva.

No habían estado allí antes. Para ser más exactos, no habían estado allí inmediatamente antes. No hacían gala de la menor timidez y masticaban de buena gana unas lechugas que acababan de brotar.

–Ya ves a qué me refería –dijo el señor Lawrence con despreocupación. Entonces añadió–: ¿Qué es eso? –Y señaló un punto al parecer situado en mitad del aire.

Ronnie no tuvo más remedio que fijarse en el dedo estirado–. Mira otra vez, Ronnie. Date la vuelta.

Los conejos habían desaparecido.

Fue el principio. Incluso es posible –después de haber pasado ya más de una iniciación– que fuera el auténtico inicio de su vida.

–¿Te gustaría saber cómo ha ocurrido, Ronnie? ¿Te gustaría saber cómo se ha hecho? –Dio un rápido sorbo al té–. Pero cada cosa a su tiempo.

Así fue como empezó Ronnie lo que Jack Robbins llamaría su «aprendizaje de brujo». Así fue como años más tarde, tras proseguir con determinación obstinada y solitaria, pero poco gananciosa, lo que a veces llamaba su «vocación», Ronnie puso un anuncio, por consejo de Jack, en un par de lugares adecuados.

«Se busca ayudante de mago. Preferentemente mujer joven. Imprescindible experiencia escénica.»

Y respondió Evie White.

En los muchos años transcurridos en el ínterin, Ronnie se había convertido, gracias a las enseñanzas exclusivas del señor Lawrence, en un mago prometedor y competente, aunque el señor Lawrence había subrayado que era una trayectoria larga y no necesariamente lucrativa, ¿estaba Ronnie seguro? (Ronnie estaba convencido.)

El tutelaje del señor Lawrence no podía durar siempre. Estaba determinado por el curso de la guerra. Esto era igualmente aplicable a otras cosas más preocupantes que la magia. Conforme la guerra se acercaba

55

a su fin, Ronnie sintió que una nueva duda se apoderaba de su vida, más complicada y como la otra cara de la que había experimentado cuando su madre lo llevó a Paddington y lo embarcó hacia lo desconocido. Tenía ya catorce años, era un muchacho robusto. ¿Seguía siendo bueno? Los Lawrence habrían dicho que sí. ¿Había cambiado e incluso mejorado? Sí. Al margen de que había aprendido a hacer trucos de magia –un arte del que su madre no tenía el menor conocimiento y seguramente ni lo habría imaginado–, la temporada que había pasado en Evergrene había sido toda una educación. Había ido a más de una escuela local y había aprendido cosas, no solo magia, directamente del señor y la señora Lawrence, personas cultas de por sí. Otra maravilla de la casa era que estaba llena de libros.

Pero Ronnie había absorbido en el aire de Evergrene, por el hecho mismo de vivir allí, cierto sentido de las cosas, cierto gusto por cosas que sabía –aún tenía recuerdos que se lo permitían saber– que iban a parecerle penosamente lejanas y ajenas cuando volviera a Londres. Sin embargo, este sería únicamente su enfoque de la cuestión.

Aunque no quería, al menos podía empezar a verla desde el punto de vista de su madre. Ella podía decir en son de burla que el chico «había prosperado en el mundo», que «tenía ideas propias»; ella, que lo había llevado a la escuela, asegurándole que así conseguiría una vida mejor. También era posible que únicamente se sintiera humillada por la existencia de aquellos otros y altaneros padres que se habían hecho cargo del chico. So capa de necesitar protección (aunque la decisión había sido *de ella),* el chico, en realidad, la había abandonado.

Además, ahora era viuda. Había sobrevivido a las bombas, había temblado en los refugios. Él no había tenido un simple refugio, sino –aunque esto aún no lo sabía– una existencia de privilegios, incluso encantada. Estos pensamientos reconcomían al muchacho.

Conforme se veía venir el fin de la guerra volvía a sentirse culpable de desear que continuara o de querer prolongar por algún otro medio su estancia en Evergrene, para no tener que encarar el problema de su madre.

El señor y la señora Lawrence deseaban en secreto que Ronnie siguiera con ellos y lo habrían arreglado si hubieran podido. Se habían acostumbrado a él, a su pequeño Ronnie, aunque ya no era tan pequeño. Estaban a punto de perderlo.

Por lo que parecía, ni siquiera la magia podía solucionarlo todo. Podía conseguir transformaciones extraordinarias, pero no alterar las normas básicas de la vida. Era una lección que un prudente mago en ciernes debía tener en cuenta. Es posible que el señor Lawrence hubiera tratado de inculcarla. O quizá también él tenía miedo de despertar del sueño de que tenía un hijo, un protegido, un alumno. O de las incipientes ambiciones del gallardo Ronnie.

Un día de junio de 1945 Ronnie Deane subió a un tren en Oxford, una ciudad todavía asombrosamente intacta, para dirigirse a una ciudad llena de escombros.

Y esta vez fueron el señor y la señora Lawrence quienes dijeron adiós con lágrimas en los ojos.

Ronnie volvió a un Londres transformado –por todos los santos, ¿qué había ocurrido?– y con una madre, eso le pareció, también deshecha y modificada, no derrotada ni cambiada básicamente, sino endurecida. Y, después de casi seis años, ¿cómo lo veía ella? ¿Mejorado, perfeccionado? ¿Ablandado? ¿Tal vez incluso un poco blando de mollera?

En cualquier caso, no iba a tolerar ninguna tontería. El chico tenía ya casi quince años y, como los acontecimientos habían interrumpido su formación y no poseía ningún título, estaba en la desdichada situación de tener que ganarse la vida. Así pues, ¿qué pensaba hacer al respecto?

Ronnie tenía una respuesta, una respuesta inocente y, mimado por aquel largo alejamiento de la gran ciudad, reveló su secreto con toda ingenuidad.

–¿Un mago, Ronnie? ¡Un mago! ¡Por favor, dime que estás tomándome el pelo! ¡Dime que lo has dicho en broma!

El lenguaje y los modales de la madre se volvieron más rudos. En su cabeza flotaba un pensamiento: Joder, como si no hubiera sido bastante estar casada con un marinero. Y Ronnie debió de leerle la mente, puesto que de súbito se dio cuenta de algo: ¿no era igual que su padre por haber vuelto de un largo viaje de evasión?

–¡Joder, Ronnie! ¡Joder!

Su madre dijo entonces algo que nunca había oído en sus labios y que no habría salido nunca de los suyos delante de ella, aunque había pronunciado la palabra muchas veces para sí, incluso estando con personas educadas.

—¡Eres cojonudo, Ronnie! ¡Magia! ¿Y qué coño más? Ah, sí, estaba otra vez en casa, estaba otra vez en Londres, ¿y era así como lo recibían? Después del estallido, su madre no tardó en echarse a llorar. Era un ciclo que conocía. Pero su madre no pedía que la consolaran. Era otra forma de desahogo. ¿Se había endurecido? Como una piedra, incluso en plena llantina. También Ronnie habría podido romper a llorar, pero estaba cerca de cumplir quince años y no podía.

Pero más que todo aquello. Más que aquel inicial calentón de orejas. La casita de Bethnal Green —qué pequeña parecía— lo engulló como una cárcel. No había cambiado básicamente y estaba intacta (otras casas de la calle habían desaparecido por completo), y su humilde resistencia, como la de su madre, habría podido decirle cosas. Pero era como un confinamiento. Se sentía culpable, ¿y por qué no, si volvía a una celda carcelaria? Allí se había alojado antaño su ser más pequeño. Allí, brevemente, se había alojado antaño un loro, un loro, que, según la descarada mentira de su madre, se había ido volando. Pero cuánta razón tenía haciéndose ahora la ofendida.

Y cuánto se identificaba él con aquel pájaro enjaulado.

Transcurrió aproximadamente un año durante el que madre e hijo se esforzaron, de un modo u otro, por vivir bajo el mismo techo. La inamovible verdad era que no se conocían. O era más bien –Ronnie tuvo que aceptarlo– que la señora Deane no conocía a su hijo. *Ella* no se había movido, *ella* no había ido a ninguna parte. Seguía siendo una fregona. Él añoraba a los Lawrence y todo aquello de lo que había sido apartado. Ella no lo entendía y no se habría solidarizado con él aunque lo hubiera entendido. Sin embargo, se daba cuenta de que su hijo había encontrado otra casa, otra vida, una vida mejor. Se sentía avergonzada y herida.

Él lo admitía todo. Se lo había hecho a ella. Pero él había sido solo uno de los inocentes objetos (y afortunadamente no una víctima) de una emergencia histórica colosal. Se sentía –algo terrible de admitir ante sí mismo– un extraño para su propia madre. ¿No se conocían? No se tenían. Incluso se repudiaban.

Siguió otro período en el que Ronnie volvió a «irse de casa», aunque nunca se alejaba de Bethnal Green y a veces regresaba vergonzosamente a hurtadillas: necesitaba dormir en alguna parte. Si hubiera vuelto sin avisar con los Lawrence, ¿lo habrían acogido? Con dificultad, pero con alegría: sí.

Pero Ronnie sabía –cumplió dieciséis años, luego diecisiete– que tenía que valerse por sí mismo.

Fue aquel un período itinerante, muy diferente de lo que había sido su vida anterior, un período en el que malvivía en los teatros, haciendo cualquier trabajo ínfimo que hubiese y que le permitiera ganar algo, aprendiendo cómo trabajaban los demás. En ocasiones incluso revelaba que sabía hacer cosas por su cuenta –en escena, se entiende– y así empezó a aprender lo que era un escenario, lo que exigía, lo duro que podía ser a veces. Aprendió igualmente los pormenores de aquella entidad global, «el teatro», su intrincada y precaria red de conexiones. Vivía y dormía donde podía, en lugares extraños y –bueno, estaba creciendo– con cualquier chica que pudiera acogerlo y ayudarlo. A veces era al revés. Cualquier chica, y las había en abundancia en aquel tosco, deslumbrante, esperanzador, engañoso, farandulero e ingrato oficio de la magia.

Eric Lawrence había dicho que sería duro. ¿Estaba Ronnie preparado? Había dicho, y sonreído ante sus propias ambigüedades:

–No hay varitas mágicas, Ronnie. Hay varitas de mago, pero no varitas mágicas. ¿Entiendes?

Eric Lawrence había dicho que se necesitaban tiempo y determinación y había insistido al muchacho en el sentido de que, aunque había asimilado ya algunos rudimentos de la magia, había algo más que debía aprender y era que estaría dentro de la industria del espectáculo.

Magia y espectáculo no siempre eran lo mismo, pero había que combinarlos si quería seguir en serio su vocación. Y espectáculo significaba dar al público lo que quería el público, no necesariamente lo que quería y podía dar él. Significaba entender al público e inclinarse ante él («En todos los sentidos, Ronnie»). Y significaba, por encima de todo, conocer aquello que llamaban «el teatro». Y esto no habrían podido enseñárselo en Evergrene.

Así que Ronnie había tenido que descubrirlo por sí mismo.

61

Pero Eric, para no desanimar demasiado a Ronnie con todas aquellas desengañadas advertencias, había añadido:

–Y necesitarás un nombre artístico. Cuando estés en escena necesitarás un nombre. Yo, por ejemplo, era Lorenzo. ¿Has pensado en alguno? –Apenas dio tiempo a Ronnie (pillado por sorpresa de todos modos) para contestar, como si la pregunta hubiera sido de puro trámite–. Yo creo que deberías llamarte Pablo, ¿verdad? ¿No crees que Pablo sería un nombre estupendo para ti?

¿Cómo lo había sabido? Pero ¿de verdad lo había sabido? Ronnie no había hablado nunca del loro. Ni siquiera al morir su padre –y con más razón que nunca– había mencionado la existencia del loro, que seguramente estaría en otra jaula en otra parte, en manos de otro propietario o de otro comerciante de animales domésticos (¿cómo subsistían los comerciantes de animales domésticos durante una guerra?). O, si realmente había conseguido escapar, en un lugar que solo él conocería.

«¿Dónde está Pablo? ¡Estoy aquí!»

También cabía la posibilidad –aunque Ronnie no quería pensar en ello– de que lo hubieran matado, de que hubiera sido víctima del conflicto bélico. Puede que un loro enjaulado fuera de los primeros en sufrir, incluso en ser brutalmente sacrificado, cuando las bombas caían silbando sobre los seres humanos.

Pero los motivos de Eric Lawrence, evidentemente, eran otros.

–Es tu segundo nombre, ¿no, Ronnie? Tu nombre

de verdad. Paul. Mi nombre auténtico siempre ha sido Lawrence, por eso me puse Lorenzo. Pero creo que Pablo suena incluso mejor, ¿no te parece? Además, ¿habría llegado a alguna parte llamándose simplemente Ronnie?

De todos modos, el ejército lo llamó y tuvo que obedecer y hacer el servicio. Ni Pablo ni ningún otro nombre, ahora era solo el soldado Deane y tenía un número. Quiso la suerte que se las arreglara para pasar todo aquel período sin hacer nada militar y, desde luego, no fue cosa de magia. Al menos la situación apaciguó un poco a su madre. Por fin tenía un «trabajo como Dios manda», con una paga regular, parte de la cual le enviaba. Además, estar año y medio en el ejército quizá le quitara de la cabeza toda aquella tontería de la magia y le enseñara lo que era la vida.

Resultó que incluso podía tomar el tren de Londres para ir a verla los fines de semana. Gracias al ejército, la vida del muchacho nunca había sido tan corriente. El ejército incluso le enseñaba, con intención de encauzarlo en la vida normal, a ser un buen recadero o botones de oficina. Pero cuando estaba con su madre no decía nada sobre sus verdaderas obligaciones militares («Bueno, ya sabes, desfilar por aquí y por allá») y nunca le habló (ni siquiera con Jack llegaría a tanto) sobre los fines de semana que pasaba con los Lawrence. Tomaba otro tren. Y empalmaba en Bournemouth, que le quedaba cerca.

Caramba, caramba, soldado Deane. Cuánto había

crecido su pequeño Ronnie. Había vivido allí toda la guerra y allí estaba ahora, todo un militar. Volvió a sentarse en el murete del cajón vivero. Aún había cerveza de jengibre. ¿Bebían los militares cerveza de jengibre? La señora Lawrence, que fue quizá quien hizo la pregunta, había sacado una botella de White Shield. ¿Cómo había sabido que era ahora su cerveza favorita? La tomaría incluso en el Walpole.

A su madre le dijo que aquellos fines de semana hacía una instrucción especial. No era mentira. «Instrucción» era una palabra muy conveniente. Hablando consigo mismo habría podido emplear la expresión «clases de puesta al día».

Y fue en el ejército donde conoció a Jack Robbins, que luego sería conocido como Jack Robinson, y casi todos aquellos fines de semana libres los pasaba en Londres en compañía de Jack, haciendo de todo un poco. Cometían diabluras, pero también hacían trabajos realmente útiles. ¿Debería habérselo presentado a su madre? ¿La habría fascinado Jack y convencido de los múltiples méritos que entrañaba una carrera en el mundo del espectáculo?

¿O habría sido para Jack un público difícil de conquistar? Tampoco Ronnie llegó a conocer a la madre de Jack. No era algo que acostumbraran a hacer los militares de permiso, conocer a las madres de los compañeros.

Se asociaron para actuar como dúo cómico, de breve duración y condenado de antemano. «¿Jack y Pablo?» No. «¿Pablo y Jack?» No. «¿Los dos *amigos?*»*

* En español en el original. *(N. del T.)*

Sí, pero no por mucho tiempo. Fue una separación prudente y amistosa.

Más correrías por el páramo del West End y por lugares provincianos sin futuro, mientras Jack progresaba, se transformaba en «Jack Robinson» y conocía el éxito, hasta que un día le dijo a su antiguo amigo –y socio– que si conseguía ayudante... Fácil de decir y quizá algo que habría podido decirse a sí mismo. Solo había un pequeño problema. Pero por entonces falleció Eric Lawrence. Los Lawrence no eran ancianos, pero tampoco jóvenes. Eric Lawrence había dicho a veces –otro motivo para haber abandonado el teatro– que tenía el «corazón flojo». Fue un golpe, un repentino y tremendo vacío en su mundo y al mismo tiempo una gran aclaración –los magos mueren–, y aun obligado a ocultar ante su madre el dolor que sentía en privado, fue a ver a Penny Lawrence, ocultándolo también, para consolarla y estar presente en el entierro. Pensó en la noche que se había enterado de la muerte de su padre y en que Eric Lawrence había subido a consolarlo y se había marchado a continuación. Y en el repentino acceso de llanto que le había sobrevenido.

Evie White respondió al anuncio.

Y así la muchacha llegó como un regalo (aunque no tenía intención de prestar ningún servicio gratis) a la vida de Ronnie Deane, del mismo modo que Ronnie había llegado en su momento como un regalo a la vida de Eric y Penelope Lawrence. Pero Evie no sabía nada de esto entonces, no sabía aún lo del «aprendizaje de brujo», que de todos modos solo había sido una frase maliciosa de Jack.

El hombre que tenía delante era un poco corpulento, pero no imponente, y su pelo era liso y negro, y sus ojos llamativamente oscuros. Decididamente, había algo en él que acababa gustando.

–He recibido una pequeña dádiva del cielo, señorita White –dijo.

Lo cual fue tranquilizador e interesante, que hubiera dicho una cosa así y que la hubiera dicho muy poco después de presentarse. Ronnie no había tenido necesidad de decirla. Ella, mientras cobrase, no necesitaba saber cuánto.

Tampoco tenía necesidad de saber la naturaleza exacta de lo que había recibido del cielo ni era, en aquella etapa, tan atrevida como para preguntarlo, aunque sintió curiosidad. No sabía entonces, aunque se enteraría poco a poco de aquellas cosas, que Eric Lawrence había fallecido ni que había sido conocido con el nombre de Lorenzo, ni que en su testamento había dejado (con la aquiescencia de su mujer) una bonita cantidad a Ronnie Deane, junto con un provechoso arsenal de artículos profesionales. Que era el brujo del que Ronnie había sido aprendiz.

«Dádiva del cielo», pensaría después la joven, era un poco como decir «brujo». Era una especie de abracadabra que podía significar cualquier cosa. Cualquiera podía decir que había recibido cosas del cielo. Y si eras mago, quizá pudieras bajarte una en cualquier momento.

Lo que la había intrigado, tentado y conducido allí aquel día de octubre era precisamente el detalle de la magia del anuncio, dado que cualquier persona podía ser «ayudante». La idea de estar metida en asuntos de magia. ¿Por qué no? Intentaría lo que fuera una sola vez. Aunque aquel hombre no parecía tener nada mágico y ella no estaba totalmente segura de lo de la dádiva del cielo. Que hubiera dicho con toda modestia que había sido una «pequeña dádiva» podía sugerir que en realidad no era tan pequeña, aunque el solo hecho de decirlo podía significar que normalmente estaba sin blanca, pues ese era más bien el aspecto que tenían las cosas. ¿Había hincado ya el diente a la dádiva del cielo? Pero lo cierto es que también ella estaba sin blanca. Era otro motivo por el que estaba allí. Sonrió.

–Me alegro mucho de oír eso, señor Deane.

Cruzó las piernas. Sonríe siempre, Evie, y cuida las piernas.

«Preferentemente mujer joven. Imprescindible experiencia escénica.» ¿Qué chica –o mujer joven– respondería a un anuncio así? No muchas, por lo visto. Con ella no había llegado ninguna otra. Pero tenía los dos requisitos estipulados. Y no parecía que hiciera falta cantar.

Estaban en una polvorienta sala de ensayos del piso superior, en la parte trasera del viejo Teatro Belmont. ¿Y era una entrevista o una audición? Por lo visto, solo lo primero.

–Y soy Evie –dijo la joven–. Puede usted llamarme Evie.

Abajo se oían los martillazos de los carpinteros.

Estaba acostumbrada a aquellos lugares. Los contrataban por horas cuando no los necesitaba la compañía residente. Saltaba a la vista que aquel hombre no tenía despacho propio ni un domicilio respetable. ¿Y qué chica se habría presentado en un cuchitril o un piso en malas condiciones? El estudio, con aquel ruido de los carpinteros, parecía seguro y neutral. Ella, en cambio, estaba sola. No había ninguna pequeña cola de aspirantes esperando en la escalera y no iba a formarse ninguna. ¿No había competencia, entonces?

–¿Té? –dijo Ronnie–. Yo voy a prepararme una taza. ¿Leche? ¿Azúcar?

Palabras no precisamente mágicas, pero aquellos ojos oscuros tenían algo. La joven pensó que lo mejor era aceptar.

Ronnie se dirigió a un cubículo del descansillo. Si a Evie se le hubieran enfriado los pies y se hubiera puesto a pasear, habría podido aprovechar la ocasión. Él habría vuelto con la taza de té en la mano y habría visto que la muchacha se había ido, la desaparición tal vez lo habría impresionado, pero ella se habría quedado sin el empleo.

Y su vida habría sido totalmente distinta.

–Yo soy Ronnie –dijo–. Por favor, llámame Ronnie. Bueno, aquí estamos. Dos tazas de infusión.

¿Infusión? De todos modos era simpático, no tenía humos.

–Ensayo mucho aquí. Aquí guardo mucho equipo.

¿Equipo?

–Tenía un número en uno de sus espectáculos. Han sido buenos conmigo.

Era una habitación desnuda con tragaluz en el techo. Unas sillas, una mesa ante la que estaban sentados en aquel momento, una tarima que hacía las veces de escenario. Habría sido difícil encontrar un lugar menos apto para la magia.

–Naturalmente, todos los ensayos que he hecho hasta ahora han sido de números en que actúo solo.

Hasta ahora no había tenido ayudante.

Ah.

Hizo una pausa al llegar a la palabra «ayudante», como si hubiera debido encontrar otra mejor, pero al menos había ido al grano. Fue la oportunidad de la joven de formular un par de preguntas. ¿Y qué tenía que hacer ella?

–Cosas normales de magia –respondió Ronnie, dejándola igual que estaba.

¿Qué diantres eran las «cosas normales de magia»?

–Las cosas que quiere el público. Hay que dar al público lo que quiere y espera.

Esa era una lección que había aprendido sola, pero no era el motivo por el que estaba allí. Había algo atractivo en la cansada confianza del hombre. Pero ¿siempre era magia lo que la gente esperaba?

–Tendré que estudiar el material. Pero siempre trabajo con nuevas ilusiones.

¿Ilusiones?

El hombre levantó la taza un poco como si estuviera brindando.

–Lo estudiaremos juntos.

¿Significaba aquello que le estaba dando el empleo? Desde luego, era como decirlo. Estudiarlo juntos. Por encima del borde de la taza, los ojos del hombre eran particularmente firmes. La mitad superior de su cara era la parte llamativa. En algunos aspectos parecía un hombre distraído y sin pretensiones, y algo desnutrido. Puede que para ser mago hubiera que ser un poco soñador. Pero en otros aspectos parecía muy seguro de sí mismo y se movía –lo había notado cuando volvía con el té– con cierto aplomo. Y sus ojos eran realmente fascinantes.

Comprendió que la pregunta tal vez no fuera qué quería que hiciera ella, sino qué quería hacer con ella. La estaba evaluando, eso lo veía. No pasaba nada. Estaba acostumbrada. No era víctima de ninguna «ilusión». Imaginaba que el papel principal de la ayudante de un mago era ser decorativa. Pero tenía ya la contagiosa sensación de que estaba participando, de que era compañera de lo que iban a hacer *juntos,* fuera lo que fuese.

¿Y no lo estaba evaluando también ella?

–Para mí será igualmente un nuevo comienzo, Ronnie.

Se sintió satisfecha de su inesperada e impresionante forma de expresarse: «un nuevo comienzo». ¿De dónde la habría sacado?

Pero ¿no quería que ella hiciera nada en aquel momento? ¿Una entrevista, una audición? Al fin y al cabo, estaban en una sala de ensayos. Naturalmente, no podía llevar a cabo ninguna magia, pero podía levantarse y demostrarle lo que sabía hacer, por si servía de algo. No se había hablado de llevar un disfraz, pero podía subirse la falda y dar vueltas y patadas, y eso podía dejar claras las cosas, si es que había que aclararlas. Podía dar el resultado que esperaba. ¿Había pensado él en un disfraz? La chica iba a necesitar uno, ¿no? Pero allí estaban: ella, en su cabeza, haciendo ya corrillo con él, incluso asumiendo un protagonismo persuasivo. Era muy emocionante. Si iba a plantearse la cuestión del disfraz, ella podía conseguir uno fácilmente. ¿Iba a dejarse ese asunto en sus manos? Cualquier corista que se preciase sabía cómo conseguir, tomar prestado, robar o simplemente hacerse con un disfraz.

Y cuando llegara el momento, cuando él lo viera —o, mejor dicho, la viera a ella allí (y que sabía presentar un espectáculo)—, sin duda pensaría que había llegado su día de suerte. Primero una dádiva del cielo y luego aquello. ¡Tachán!

¿Magia? ¿No sabía hacerla por su cuenta? Y, bien mirado, ¿por qué no se le había ocurrido a todo el mundo aquella sencilla y astuta idea? «Se busca ayudante de mago.» Cuando, tiempo después, estuviera en escena con Ronnie —actuando, haciendo magia—, no sería tan modesta como para no adivinar que los varones del público la miraban más a ella que a él. Sí, los trucos eran buenos, pero ella era lo mejor del lote. O, si no, que pensaban de Ronnie: Ojalá tuviera yo su magia.

Y, como es lógico, si la miraban a ella, no tenían los ojos puestos en las cosas ingeniosas que hacía Ronnie. Cumplía una función. Como Ronnie le diría cierto día, como si fuera uno de los más obvios y tediosos principios de la magia, aquello se llamaba «desviar

71

la atención». Con el mismo tono de disculpa, le hablaría de la «capacidad de sugestión».

Aquel día de octubre no le pidió que hiciera nada. Solo la «entrevista», pues no era otra cosa. Y el té. Una vacía, polvorienta y fría sala de ensayos una mañana de otoño. Pero qué extrañamente agradable y significativa acabó siendo. ¿Sería por aquel ligero encanto que ejercía el hombre? Cerraron los dedos alrededor de la taza de té como trabajadores alrededor de un brasero.

–Todo en su momento –dijo Ronnie–. ¿Le parece bien que nos veamos aquí la semana próxima? ¿El martes? Puedo reservar dos horas los martes. Podemos ponernos a trabajar.

Así pues, ¿tenía la muchacha el empleo? El hombre tenía aquel estilo pausado de quien ha pasado mucho tiempo eludiendo faenas –no presentándose voluntario para hacerlas– y escaqueándose en el ejército. Se notaba. Eran una raza aparte. Seguramente no había cumplido aún los treinta, no era mucho mayor que ella. Y se preguntaba cómo le habría ido: un mago en el ejército. Costaba imaginarse a aquel individuo de soldado. Pero es que costaba mucho imaginárselo de mago.

¿Y si le pedía que hiciera un truco, solo para ponerlo a prueba?

Finalmente, como si lo hubiera olvidado –ella había tosido un poco y saltaba a la vista que el hombre no había contratado a nadie en toda su vida–, abordó el tema de lo que iba a pagarle. Era más de lo que ella había esperado. Pero fingió que no y aceptó.

–Si podemos preparar un número este invierno –dijo él–, conozco a uno que podría conseguirnos un espacio en la temporada de Brighton el verano que viene. Todo el mundo conoce a uno que conoce a otro. Todo el mundo tiene un amigo. Fue otra cosa que aprendió la muchacha.

–A propósito –añadió el hombre–, mi nombre artístico es Pablo.

La muchacha casi habría podido echarse a reír. Menudo cambio, de Ronnie a Pablo, pero el hombre lo dijo sin el menor parpadeo de vergüenza, incluso, según le pareció, con un poco de orgullo. Y es que Ronnie, ciertamente, no era un buen nombre artístico. «Pablo», en cambio, le pegaba, con aquel pelo negro y aquellos ojos, y aquel aplomo inesperado.

–Y creo que tú deberías llamarte «Eve». –Tampoco aquí hubo el menor asomo de titubeo–. Evie no tiene gracia, ¿verdad? Eve. Pablo y Eve.

Ronnie tenía razón. Evie era lo mismo que Ronnie. Pero Pablo y Eve, sí, tenía cierta sonoridad.

No pudo haber sido aquel primer martes, ni siquiera el segundo, debió de ser en otro momento, pero en cualquier caso fue en la sala de los ensayos donde de pronto dijo la muchacha:

–Ronnie, ¿nunca te han dicho que tienes unos ojos que matan? –Fue un comentario audaz y atrevido incluso entonces. Pero ella era Evie White, la mujer que nunca había sido reacia a prestar ayuda y que intentaba las cosas al menos una vez.

Fue durante una de las pausas para tomar un té.

Todo era bastante extraño. Estaban haciendo magia –la estaban haciendo en serio– y de pronto paraban para tomar un té. Ahora lo preparaba ella a veces, se turnaban para hacerlo. Y también debió de tener un aspecto muy extraño, una mujer que en ocasiones no llevaba más que plumas y lentejuelas que se metía en aquel cubículo con un fregadero manchado y maloliente para llenar el cazo y ponerlo al fuego. Las plumas podían interponerse y fastidiar la operación si no tenía cuidado, pero hacía tiempo que había aprendido a ser consciente de sus accesorios como un animal es consciente de su cola. Todas las coristas tenían este sexto sentido.

Trabajar con Ronnie era divertido. Nunca había pensado que hubiera risas en la magia y es posible que tampoco Ronnie lo hubiera pensado realmente. Cuando actuaba, Ronnie era capaz de adoptar la más seria, incluso la más aterradora de las expresiones, y la muchacha había descubierto que se transformaba de verdad, pero se reían mucho durante las pausas. Era un mago, pero encontraba extrañas o divertidas muchas cosas corrientes.

En ocasiones decía a propósito de esto o aquello: «Es cojonudo, Evie, cojonudo.» A ella no le importaba. Si no te gusta el lenguaje soez no trabajes en el teatro. La muchacha se sentía incluso un poco privilegiada. Pensaba que a lo mejor le habían entrado ganas de decirlo la primera vez que la vio con el disfraz. «Es cojonudo, Evie.» Y había algo extrañamente inocente en ello. No era muy diferente de cuando su madre decía a propósito de cualquier cosa: «¡Mira tú!»

¿Fue cuando estaban soplando el vapor que despedían las tazas? No hay duda de que también ella habría usado sus propios ojos. Ronnie se había acostumbrado ya a que ella se paseara por allí con el disfraz. A ser igualmente consciente de las plumas. Había una manta con la que se envolvía y era más práctica que una bata. Como si fuera un caballo.

–¿Te ha dicho alguien alguna vez, Ronnie, que tienes unos ojos que matan?

Bueno, esta vez había sido ella. Y de todos modos él dio una respuesta. ¿La había pedido ella? ¿O había esperado una respuesta de efecto parecido? ¿Y se trataba de una queja?

–No son los ojos, Evie, es lo que miran.

Y no parpadearon en absoluto. Los de ella tal vez temblaran un poco.

El amigo, aquel «uno» que podía darles trabajo, era Jack Robbins, de nombre artístico Jack Robinson. Ronnie había tardado en decidirse a decirlo.

Pero no tardaba en decidirse para otras cosas. La primera vez que la llevó a conocer a Jack (que había estado de gira por el norte), ella, como es lógico, no llevaba puesto el disfraz, pero llevaba otra cosa que era especial. Y es posible que las dos precauciones fueran equivalentes. Si ella hubiera sido un hombre con un amigo como Jack Robbins, también habría tardado en hacer las presentaciones o al menos habría querido prevenirse antes un poco.

«Pablo y Eve.» Sí, tenía sonoridad. Y ella llevaba un anillo. Ronnie se había limitado a regalárselo y afianzaba la idea de que aunque eran Pablo y Eve, también eran Ronnie y Evie. La muchacha imaginó que lo había comprado con aquel dinero que había recibido como una dádiva del cielo, pero no era la forma justa de pensar en él.

Un anillo de compromiso con un pequeño diamante que brillaba como una estrella.

Evie White tiene ahora setenta y cinco años. Estamos en 2009, no en 1959, que fue cuando se puso el anillo de compromiso. ¡Cincuenta años! Se mira en un espejo.

La idea era que si actuaban durante la temporada de Brighton –y actuaron–, se casarían aquel septiembre, cuando se clausurase el espectáculo y dispusieran de tiempo para respirar. Irían de luna de miel y harían balance de la situación, o sea, de Pablo y Eve, no de Ronnie y Evie, aunque ¿no eran las mismas personas?

Ahora es septiembre, el 8 de septiembre. Casi exactamente cincuenta años. Y hace exactamente un año que ocurrió algo más, en este mismo dormitorio. Evie está sentada allí en este momento. Y supone que Ronnie podría verla. Es posible que pueda. En la ventana empieza a apagarse la luz del final de la tarde, una luz de intenso color dorado. Ve las hojas marchitas del manzano silvestre del jardín.

Se ha quitado las perlas. Ha sido un día agotador. Podría quitarse el maquillaje. Piensa que podría quitárselo todo, aunque no hace tanto tiempo desde que se lo puso, y dormir un rato en la cama que tiene al lado.

Un año entero ya, pero hoy le parece que fue ayer. Pues lo único que ha permanecido constante ha sido el año entero transcurrido y ni la familiaridad inmóvil de esta casa ni todos los elementos que lo desmienten con obstinación –fotos enmarcadas de Jack por todas partes, sus chaquetas, los abrigos suyos que siguen colgados donde los dejó– pueden hacer que el hecho reduzca su condición de hecho o sea más soportable. ¿Ha besado las fotos? ¿Ha hundido la cara en las chaquetas, los abrigos, incluso en...? Naturalmente que sí. Hace exactamente un año y la casa no está menos llena de desaparición. Es la palabra que todavía le gusta utilizar en su cabeza: desaparecido. No muerto. No muerte. Nunca le había gustado emplear tampoco las tajantes palabras de Ronnie. Solo desaparecido. La desaparición podía entenderse como algo temporal, incluso –algo totalmente concebible en el caso de Ronnie– una ilusión, palabra de la que, según recordaba, Ronnie siempre había sido entusiasta.

Y no todas las voces recordadas que en tiempos habían llenado esta casa –¡las fiestas!, ¡las veladas!– pueden hacer que su silencio sea ahora menos aplastante.

Su madre le había dicho en cierta ocasión que la vida era injusta, pero que ya le llegaría la oportunidad. Y mira lo que había acabado siendo la oportunidad. Cincuenta años con Jack Robbins. O casi. Cuarenta y nueve. Qué injusticia. Pero ahora, en cualquier caso, allí estaba ella, bien instalada en Albany Square, guardiana, cuidadora y beneficiaria de la brillante trayectoria profesional del difunto marido.

Si es que se puede estar bien instalada a los setenta y cinco años. Si es que se puede estar bien instalada con un pesar incesante.

Desaparecido. «Solo desapareceré una temporada, Evie.» Como si pudiera haberlo dicho sin más ni más. Por eso, en cualquier momento...

Iba a casarse con Ronnie aquel septiembre, ¿no había llegado ya su oportunidad? Todas las noches se emperifollaba delante de un espejo orlado de brillantes bombillas que ahora resultarían crueles. El espejo de su tocador por lo menos puede ladearse piadosamente y por lo menos puede ver en él –no es magia, es solo el recuerdo– la diadema con la pluma blanca, el rubio flequillo cuidadosamente peinado, los centelleantes pendientes, los empolvados hombros desnudos, los blancos guantes que le llegaban casi hasta las axilas.

Por debajo de ella, una visión extraordinaria, estaba el mar, agitado, revuelto, y sus plateadas lentejuelas habrían podido evocarle las brillantes escamas de los peces, pero no recuerda haber tenido nunca este pensamiento, ni siquiera cuando el mar bramaba a sus pies. Evie White: plateada y escurridiza como un pez.

Lo último que aparecía era su sonrisa, aunque ¿de veras necesitaba esbozarla? ¿No formaba parte de ella, como sus relampagueantes ojos azules? En cierto momento se pondría en pie, se volvería y, mirando por encima del hombro, se observaría por detrás. Apoyaría las manos en las caderas, pasaría los dedos por las costuras del prieto vestido, estiraría y tiraría del tejido si hacía falta. Haría un breve y discreto contoneo para comprobar el estado de las otras plumas, las oscilantes plumas que podían pasar por cola. Todo esto en cuestión de segundos y como una rápida rutina. También podía utilizar a Ronnie como espejo, del mismo modo.

¿Tengo las costuras rectas, Ronnie, están las plumas en su sitio? Todas las noches realizaría este cometido y recibiría este placer, aunque momentos después lo compartiría con el público. Esa era la idea. Las trémulas plumas parecían ser parte de ella, lo mismo que su sonrisa y sus ojos.

Ronnie, mientras tanto, daba los últimos toques a su pajarita, se calzaba los guantes blancos. Se ponía la capa, comprobaba los corchetes. Era necesario que pudiese desabrochársela y ondearla con un solo movimiento. Comprobaba todo lo que tenía en los bolsillos. También eso era importante. Gracias al maquillaje, sus ojos oscuros parecían ganar en intensidad. Se había transformado en «Pablo». Ella se había transformado en «Eve». También gracias al maquillaje, su tez adquiría su característica seriedad escénica. Ella, en cambio, tenía que sonreír siempre, dar vueltas, agitarse.

Ninguno de los dos tenía que hablar. Ni que cantar. ¿No había encontrado ella la situación perfecta?

Era Jack quien solía decir que, con su atuendo artístico, Ronnie parecía el hermano menor del conde Drácula. Nunca decía lo que parecía ella. Jack parecía simplemente Jack Robinson. Pero ella, en privado (pues nunca se lo dijo), imaginaba a Ronnie como un torero espasmódico, vestido con un ceñido traje de luces que hacía juego con el de ella. Al fin y al cabo, llevaba una capa con un forro rojo y tenía ojos de matador. Y un nombre adoptado. Nadie creería que aquel hombre había salido de Bethnal Green. Y en escena hacía además movimientos fluidos y con garbo. A su manera parecía bailar. A menudo pensaba que, fueran cuales fuesen sus actos restantes, ejecutaba una especie de danza, un ballet salpicado de actos silenciosos. Nunca lo planeaban con detalle, simplemente salía así. Ronnie se transformaba en escena. Había aprendido a hacerlo. Una especie de magia aparte.

–¿Todo listo, Evie?

Ronnie le ponía la mano bajo las plumas y daba a su plateada espalda una palmadita, un ligero pellizco. Era su prerrogativa. Se dirigían entonces a los bastidores, para estar en sus puestos detrás del telón, y antes de llegar oían a Jack interpretando el primer número que seguía al entreacto, bailando, cantando –sabía hacer las dos cosas– delante del telón, bajo la luz plateada de los focos, antes de que les tocara el turno a ellos.

By the light (A la luz)
... tápiti-tap tápiti-tap...
of the silvery moon (de la luna de plata)
... tápiti-tap tápiti-tap...
I like to spoon (me gusta arrullarme)
... tápiti-tápiti-tápiti-tap...

Pero la vida es injusta. Jack había fallecido hacía exactamente un año. En este dormitorio, en la cama que hay detrás de ella. En la cama, junto a ella. No se dio cuenta de que había muerto porque estaba dormida. Puede que tampoco él se diera cuenta, por el mismo motivo. Esperaba que hubiera sido así. Fue la muerte que todos querríamos.

Pero ella no tuvo el despertar que todos habríamos

deseado. Odiaba el recuerdo de aquel despertar. Cada vez que reaparecía en su cabeza, y reaparecía sin cesar, lo desechaba inmediatamente. A menudo deseaba echarse a dormir y no despertar nunca, como le había ocurrido a Jack. Aunque no lo deseaba.

La semana anterior había llamado George y le había dicho:

—No quiero presionarte, Evie, no quiero presionarte en absoluto, puede que tengas otros planes, puede que quieras estar sola, pero no he olvidado qué día es el próximo jueves. ¿Te gustaría que comiéramos juntos? ¿Te gustaría brindar conmigo un par de veces por el viejo?

Evie se había puesto las perlas y había acudido. No le había gustado la expresión que había empleado George, «el viejo», pero George, a pesar de ser —como Jack lo había llamado a veces de manera cariñosa— el «marrullero», «astuto», incluso «canallesco» agente de Jack, era un hombre amable y considerado.

Y todavía el leal agente del espíritu de Jack.

Jack Robbins. Setenta y siete años. Jack Robbins, comendador de la Orden del Imperio Británico. Nunca, en absoluto, aunque se había hablado de ello, Sir Jack. Jack Robbins el actor, incluso, en sus buenos tiempos, estrella de cine ocasional. Actor, luego director, luego productor, luego actor-productor-director, todo a la vez y con compañía propia. Producciones Arcoíris. Lo único que hacía falta, como él mismo gustaba de decir con toda sencillez, era un par de «golpes de suerte» y todos se llenaban de alegría.

Y él los bolsillos. Esto no lo decía, pero lo daba a

entender. En las entrevistas sabía siempre cómo decir lo mínimamente imprescindible. O no decir prácticamente nada, pero diciéndolo con gracia. La compañía era suya, pero también de ella. Le gustaba reconocerlo. «Ah, y tengo una socia que es maravillosa y también directora administrativa. En realidad es mi mujer.» Los dos primeros cargos subrayados con un guiño manifiesto (los ojos ya con patas de gallo), el último con una inusual sinceridad agradecida que no tenía nada de teatral.

–Mi mujer es mi inspiración, ¿entiende? No sería nada sin ella.

Venga, Jack, no exageres. Pero ¿no había allí un poquito de verdad?

Jack Robbins. Ella podía vivirlo ya –a él o al hombre que conocía el público– como un recuerdo, un «nombre». Jack Robbins. ¿No era el que salía en aquella antigua serie de televisión? Aquella telecomedia que duró siglos. *Así es la vida.* Cuando abandonó las variedades, dejó de llamarse Jack Robinson. Cuando se transformó en Terry Treadwell. ¿No fue aquella su primera y afortunada gran oportunidad, la que realmente le consiguió un público?

¿Oportunidad? ¿Afortunada? No lo creáis. Él fue el único que dijo que fue una oportunidad afortunada. Su expresión favorita. Toda modestia e inocencia. Pero fue Evie White (a veces conocida como señora Robbins) quien lo puso allí, Evie White quien lo llevó a Lime Grove y dijo: «Firma, Jack, y da las gracias a las personas simpáticas.»

Ella había exhibido su sonrisa. Además tenía cierta

presencia, cierta fuerza. Jack había dicho: «Esta es Evie White.» Casi nunca decía «la señora Robbins». Y desde aquel día, hasta nuevo aviso, Jack pasó a ser Terry Treadwell y Jack Robinson se perdió aún más en el pasado.

Si ella mirara con suficiente detenimiento podría verlo ahora en el espejo –él nunca se había ido realmente, solo había salido un momento–, detrás de ella, con las manos en sus hombros, inclinado para besarlos, los dos, para besarle la nuca, alargar las manos y abrochar las perlas que le había regalado. Hacía veinte años de aquello. Perlas que ella acababa de quitarse, perlas de aniversario.

Jack Robbins. Jack Robinson. El señor Insinuación, el señor Hazles-reír, hazles-sonreír, hazles-derretirse. Señor Luzdeluna. Solo un viejo que canta y baila, solo un viejo guaperas, nunca sin una o tres chicas. Pero resultó que era un actor de una profundidad y una variedad sorprendentes, y algo más sorprendente aún, porque todas las cosas eran relativas en el mundo del espectáculo, un hombre notablemente apegado a su mujer.

Evie podía dar fe de ello. ¿Quién iba a saberlo mejor?

Escúchame, George, puesto que estamos aquí para honrar al viejo: ¿qué es más extraordinario, que los actores se transformen en otras personas –¿cómo diantres se hace eso?– o que las personas se transformen de algún modo en personas que nunca creíste posibles?

Evie White. Corista. Bailarina y saltimbanqui. En realidad apta para cualquier cosa. Incluso ayudante de mago en otro tiempo. Pero resultó ser una empresaria práctica y avispada. También de eso podía dar fe. Y esposa de Jack Robbins durante casi cincuenta años. No de Ronnie Deane. ¿Quién iba a saberlo mejor?

¿Y qué es más extraordinario, que los magos puedan transformar unas cosas en otras, incluso hacer que la gente desaparezca y reaparezca o que la gente pueda estar un día ahí –ahí mismo– y al siguiente no estar ahí nunca más? Nunca.

Evie pudo haber dicho estas cosas mientras almorzaban, pero no las dijo. Y George pudo haberla escuchado y responder:

–Bueno, eso da mucho que pensar, Evie.

Pues todo es relativo. ¿Y a quién le importaba la famosa aventura de dos semanas que tuvo lugar en los años setenta (Eddie Costello habló largo y tendido sobre ella en *News of the World)* con una conocida actriz en alza (y dónde estará ahora y cómo se llamaba)? ¿Le importó a la «señora Robbins» (como la llamaba Eddie)? Jack volvió con el rabo entre las piernas.

¿Le importaba *ahora*? Vuelve, Jack, con el rabo donde te apetezca.

¿Y tenía algún derecho, incluso entonces, a quejarse? Al fin y al cabo, ¿cómo habían empezado aquellos casi cincuenta años? ¿Y quién creería –¿es que no había justicia?– que se habían contenido tanto? Sin olvidar ni siquiera aquella especie de quincuagésimo aniversario, no mucho después del lanzamiento de Producciones Arcoíris: Jack Robbins, cincuenta años en el teatro. Habían celebrado una gran fiesta, en aquella casa. Ella había encargado en secreto una tarta gigantesca (la creciente cintura de Jack le traía sin cuidado) y había detallado que debía tener, bañadas en oro, las dos famosas máscaras, aunque en este caso no las de la comedia y la tragedia, sino máscaras que sonrieran.

Jack, antes de partirla, había solicitado su ayuda. A continuación había habido un breve y confuso ejercicio de manos, o competición. La de quién estaría encima, apretando y guiando la del otro. Todos lo habían visto: fue como en una boda. Y todos habían visto, a pesar de las dos máscaras sonrientes y las risas generales, las lágrimas que habían corrido durante unos segundos por las mejillas de Jack. Lágrimas de verdad, no lágrimas de actor. No había sido una ilusión.

Había habido muchos flashes. Se pronunció un precipitado discurso. ¡Ah, las fiestas! ¡Las veladas! Como quien dice, unas bodas de oro.

Jack Robbins, que había pisado las tablas por primera vez en junio de 1945, en Cliftonville, Kent. Evie se lo imaginaba: zapatos de claqué y pingüino diminuto. Con catorce años.

Toquetea las perlas. Una compañía de él y de ella. Más de ella en realidad. Ahora totalmente de ella. Siempre había tenido la participación dominante. Una generosa concesión por parte de él. «Si me ocurriera algo, Evie...» Pues había ocurrido. Producciones Arcoíris. En privado habían acordado que él tendría el rojo, el naranja y el amarillo y que el azul, el añil y el violeta serían de ella. Y el verde. ¿Por qué «Producciones Arcoíris»? Eso era lo de menos. Era un buen nombre. Les había dado un porrón de dinero. Con él habían comprado Albany Square. Y ella tenía el verde, el color central y decisivo, la participación dominante.

85

Pero ¿es que no la había tenido siempre? Mucho antes de que Producciones Arcoíris fuera un proyecto para ambos (pero sobre todo para ella). ¿No había animado siempre a Jack y lo había empujado en las direcciones oportunas? Tal como había hecho la madre de él, tal como había hecho con ella la madre de ella. Las necrológicas se habían limitado a señalar que no habían tenido hijos. Ningún «descendiente vivo». Bueno, ¿necesitaba hacer algún comentario? Demasiado ocupada con Jack, las manos llenas de Jack. Como si no hubiera sido evidente.

¿No había hecho su jugada y su apuesta, y no había salido ganando? ¿No las había hecho mucho tiempo antes, cuando él no era más que un hombre que bailaba y cantaba, y cuando todos ellos no eran más que pececillos que relucían en el inmenso océano y ella había encontrado la importantísima llavecita que tenía él en los riñones, y había aprendido a girarla con cariño y cuidado, cuando todas las demás estaban demasiado ocupadas abriéndose de piernas ante él?

Ah, las cosas que le haría Ronnie, todas las noches. ¿Durante cuántas noches? Las que cabían en un verano. Y para que todos lo vieran. O no exactamente para que lo vieran. Para que no lo vieran de ningún modo. Esa era la cuestión.

La metía en una caja y, con ella dentro, empuñaba una espada –dos, tres espadas– y la atravesaba. Pero esto ocurría después de que la metiera en otra caja, totalmente encogida, como un pavo atado en un horno, y cerrase la puerta, enseñando antes la llave mágica –¡la dorada llave mágica!– y la hiciera desaparecer. Y luego, después de dar más vueltas a la llave, conseguía que reapareciese. Todo un detalle por su parte. Solo para atravesarla luego con las espadas.

Pero con el tiempo la metió en otra caja, esta vez en posición horizontal, con la cabeza sobresaliendo por un extremo y los pies por el otro. Y entonces empuñaba, no, blandía –porque lo agitaba– un serrucho. Luego empujaba una mitad de la caja, la que tenía la cabeza sobresaliendo, por el escenario, mientras la otra mitad, la de los pies, se quedaba quieta.

Y aunque Evie White, o «Eve», no sabía cantar, sabía gritar, de un modo muy convincente (la idea había sido suya, para cuestionar el plan de Ronnie de hacerlo todo en medio de un silencio sepulcral). Los gritos de la muchacha dejaban al público sin aliento y a veces gritaban también muchos espectadores. Sus gritos eran más aterradores que el serrucho.

Fuera, en el paseo del puerto, los visitantes subían a muchas atracciones –la montaña rusa, los toboganes, el tren fantasma– que también les hacían gritar, gritar con una especie de alegría salvaje. ¿No saltaba a la vista que era una de las razones por las que la gente iba allí los días de fiesta, para asustarse de la muerte? ¿No satisfacía todo aquello el requisito general, dar a la gente lo que quería?

Cuando él la encerraba en la primera caja, toda encogida, y su cola de plumas quedaba atrapada casualmente a propósito por la puerta, ella lanzaba un discreto, un no muy discreto, un audible «¡Oooh!». Y el público se quedaba sin saber qué hacer: ¿ahogaba una exclamación o reía tontamente? También eso había sido ocurrencia de Evie.

Ay, a cuántas cosas no se sometería, por cuántas no pasaría para complacer a Ronnie (o, como se llamaba entonces, Pablo). Sin embargo, la más extraña de todas era que, en medio de toda aquella barbarie y toda aquella tortura, siempre conservaba su indomable y deslumbrante sonrisa. Cada vez que se abría una caja, salía sonriendo, con la diadema centelleando, con los enguantados brazos levantados en señal de triunfo y placer. Doblaba una rodilla, luego la otra, sacudía las caderas, y cada vez que tenía que pasar de una caja a otra, de un tormento o un peligro a otro, lo hacía con aquella sempiterna y alegre exhibición de su invulnerable y fascinante cuerpo.

El anillo que lucía en el dedo, de oro como la llave mágica, hacía prácticamente inevitable que Ronnie, cada vez que la presentaba a alguien que había visto el espectáculo, incidiera en la misma broma:

–Te presento a Evie. Te presento a Eve. Mi otra mitad. Mis dos mitades.

Y si Jack, según lo planeado, hubiera sido el padrino en la boda que debía celebrarse aquel septiembre, seguramente le habría robado la broma a Ronnie, tal vez incapaz de reprimir los deseos de volver a interpretar por un momento el papel de Jack Robinson. «Por favor, amigos, chicos y chicas, brindad conmigo a la salud de la otra mitad de Ronnie. ¿O debería decir las otras mitades? A lo mejor sabe la forma de volver a juntarlas.»

Pero, en vez de robarle aquello, le robó mucho más.

Ayuntamiento de Brighton, Registro Civil. Es posible que la boda hubiera tenido lugar aquel septiembre si todo lo demás hubiera vuelto a juntarse.

Y ella habría estado –¿otra broma para Jack?– «casada con la magia». Pues habría entendido por entonces que Ronnie lo estaba ya, mucho antes de que fuera a casarse con ella.

Pero ¿qué había de malo en eso? ¿No era eso lo que la había atraído desde el principio? Se busca ayudante de mago.

Y, en cualquier caso, ¿encontró la respuesta a aquella pregunta fundamental y tentadora? Magia: ¿cómo se hacía?

Si alguien lo averiguó, tuvo que ser ella. Pero ahí estaba la trampa crucial. Si lo hubiera averiguado, si lo hubiera sabido, nunca habría podido decirlo, ¿verdad? Porque ese era el trato, el compromiso, al parecer más vinculante e inquebrantable incluso que una promesa de matrimonio. Así que ¿cómo iba a saber nadie alguna vez si lo había averiguado o no?

Ahora se mira en el espejo como si la única persona a la que podría contárselo fuera la que le devuelve la mirada. Pero incluso eso sería revelador, ¿verdad? No se lo había dicho nunca ni siquiera a Jack, aunque este la había apremiado en varias ocasiones, antes de olvidar todo el asunto y pasar a mejor vida. Es lo que todos quieren saber. ¿Cómo se hace? «Vamos, Evie, tú lo sabes. Puedes decírmelo ahora. No se lo contaré a nadie más.»

Era como un hombre que deseara saber cosas sobre otros hombres que se habían acostado con ella. En este caso concreto, sobre Ronnie Deane (todos los demás habían dejado de existir). Pero no se lo diría, de ninguna de las maneras. ¿Preguntaba ella acaso lo que había sido estar con Flora? Con todas las Floras. Háblame de toda esa magia que hubo con Flora. ¿Había un truco nuevo con cada una?

Ella sabía cómo habían sido casi todos los trucos realizados con Ronnie, naturalmente que sí, pero no era esa la cuestión. Y por algún motivo seguía sin serlo, incluso en aquel momento.

¿Se lo habría contado Ronnie al mundo, alguna vez?

En aquellos tiempos, en 1959, había muchas playas, aunque Brighton no figuraba entre ellas, con hierros oxidados y fragmentos de hormigón que sobresalían de la arena, y carteles que decían: «¡Peligro! ¡Minas! ¡Prohibido el paso!» Y multitud de personas que paseaban por allí y nunca habrían revelado ciertas cosas. Se habían comprometido, habían hecho un juramento. Y lo mismo que ocurría con los secretos oficiales, ocurría con la magia. Una condición de por vida.

Lo siento. No puedo hablar. Labios sellados. No, no me sacarán nada, aunque me atraviesen con espadas, aunque me partan en dos con un serrucho.

–¡Ah, vamos, Evie! –¿Qué había estado haciendo ella dentro de aquellas cajas? ¿Confiar en Ronnie?

Pues sí, la mayoría de las veces, eso es exactamente lo que pasaba, e incluso cuando sabía exactamente cómo se hacían las cosas, no por eso dejaba de hacerse preguntas y de tener dudas. En cierto modo, cuanto más sabía, más preguntas se hacía. Entonces era Ronnie quien tenía que decirle: «No pasa nada, Evie, confía en mí. Haz lo que te he dicho. Entra y deja el resto de mi cuenta. No tienes que preocuparte en absoluto. Nunca te haría daño.» Y no se lo hizo. Nunca hubo ningún problema.

Solo en una ocasión, durante los primeros ensayos en el Belmont (un día que había toda una colección de cajas plegables pero también intimidatorias en las que al parecer iba a tener que meterse), dijo desde el interior de una, en la oscuridad: «Ronnie, ¿sigues ahí?» No pudo evitarlo. Fue un grito involuntario –no tenía nada que ver con la magia– que había brotado de su corazón repentinamente acelerado. Y Ronnie había dicho, y menos mal que lo dijo, con una voz algo lejana: «Sí, Evie, sigo aquí.» Dado el lugar en que estaba, le había parecido que Ronnie habría podido decir aquello también desde el interior de otra oscura caja, y que había farfullado algo igual de incontenible que le había brotado de lo más profundo.

Daba la impresión –y debió de ser mucho antes de que le deslizara en el dedo un anillo de compromiso, aunque no mucho después de que ella le dijera aquello sobre sus ojos– de que entre ellos se había establecido un vínculo de los que no suelen –ni siempre pueden– establecerse entre dos personas.

No recordaba que Ronnie le hubiera dicho nunca: «Evie, ¿sigues ahí?» Naturalmente, no necesitaba decirlo. Era un indicio de su poder y su confianza. Pero quizá debería haberlo preguntado de todas formas.

¿Y cómo se podía explicar a nadie lo que era levitar? Ronnie le había dicho cierto día: «Ahora levitarás, Evie. Confía en mí, levitarás.» Ella solo podía decir lo que sintió en aquel momento: que sí, que levitó, y que no, que era imposible. Y qué extraño era hacer, sentir que le ocurría, una especie de don o privilegio, y qué palabra tan extraña era. ¿Había sabido alguna vez –aunque eran muchísimas las cosas que desconocía– que un día en su vida levitaría? *¡Levitar!*

Pero fuera como fuese allí estuvieron aquel verano, noche tras noche, esperando detrás del telón a comenzar el número, a ser «Pablo y Eve», unas veces tragando unas profundas bocanadas de aire que el público no vería nunca y otras –el público tampoco lo vería y sería otra de las cosas que ella no contaría nunca– cogiéndose de la mano con fuerza, para tranquilizarse mutuamente.

Mientras, delante del telón, Jack terminaba su número.

Oh honeymoon, keep a-shinin' in June! (¡Oh, luna de miel, sigue brillando en junio!)

En ocasiones, ya fuera del teatro, después de la función, podía haber auténtica y verdadera magia: una luna plateada suspendida sobre el agua, rielando sobre las olas que corrían hacia los guijarros. Cuando no llovía a cántaros o soplaba un vendaval.

Volvía andando por la pasarela de madera, de bracete con Ronnie, ya no Pablo y Eve, solo Ronnie y Evie, con la misma traza que cualquier otra pareja de vacaciones. Aunque a veces los reconocían y a menudo era a ella a quien identificaban primero. «¿No es usted...?»

«Sí, Eve. Sí. Y este es Pablo.» Ella nunca decía «Ronnie» y no podía hacer el chiste, el equivalente, que Ronnie podía hacer a costa de ella.

Los momentos en que los reconocían la llenaban de orgullo. Ronnie parecía un poco molesto, un poco distante, y ella le decía que era una actitud indebida (ya era un poco la jefa). Él debía sonreír, sonreír siempre a la gente. A lo mejor lo miraban a él y ella casi oía sus pensamientos: ¿Ese es Pablo? ¿De verdad? Y luego: Pues sí, tras mirarlo dos veces, es él.

Sin duda era buena señal que los reconocieran, aunque solo fuese en el paseo del puerto. Su actuación debía de gustar, ya que eran «conocidos». Y Ronnie, en cualquier caso, empezó a tener, con el paso de las semanas, cierto halo y cierto estilo extraescénicos, cierta forma de estar en paz consigo mismo, y a ella le gustaba pensar que en parte se lo debía a ella.

En ocasiones se decía: ¿quién necesita la magia, incluso un escenario o un disfraz, si tenía aquello? ¿No estaba ya en posesión de todo lo que una chica podía ambicionar? Y recordaba, con una especie de compasión, a la última chica sentenciada que iba colgada del brazo de Jack.

Jack, apoyado con ellos en la barandilla, con chica o sin chica, y mirando el centelleo de las olas, diría: «Os lo digo yo, no tendríais nada de esto en el Palladium o en el puto Hackney Empire. Tendríais un callejón en el mercado negro.»

Una vez, estando en el camerino, cuando por el motivo que fuese todo estaba tranquilo y el silencio les llenaba los oídos de rumores, dijo: «No es el oleaje del mar, compañeros, es el público de esta noche, al que ya le rechinan los dientes.»

Tenía solo veintiocho años, los mismos que Ronnie, y ninguno de los dos sabía entonces lo que estaba por suceder, pero parecer mayor era parte de su papel. Era el maestro de ceremonias y un padre para todos. A juzgar por lo que decía, había estado en todas partes, lo había visto todo.

Y resultaba extraño que en todas aquellas funciones, en todas aquellas actuaciones, que daban para una temporada entera, apenas se hubiera detenido nadie a pensar (ella nunca lo pensaba mientras se miraba en el espejo y se ponía la diadema en el pelo como una coronación periódica): el mar está ahora justo debajo de nosotros. Justo debajo de nosotros las olas se agitan y silban, los peces corren como flechas, las algas van de aquí para allá. Si el escenario se abriera, todos caeríamos al agua.

Jack Robbins era «Jack Robinson» por entonces. En su época representó demasiados papeles para enumerarlos o recordarlos. Unos le pasarían rozando y desaparecerían como simples experimentos –las apariciones especiales de las películas–, pero otros permanecerían y el problema sería entonces cómo librarse de ellos. Cómo convencer a los espectadores que lo reconocían en la calle (esas cosas ocurrían) de que él y ellos no eran la misma persona.

O por el contrario, cómo no, en ocasiones. Cómo apretar los dientes por dentro mientras se sonreía por fuera y dar ese corto e invisible paso –el público no lo vería–, y darle los latiguillos, las parrafadas, los gestos y muecas que quería. ¡Asombroso! Como aquel padre de familia agobiado, oportunista y bufón, el Terry Treadwell de *Así es la vida,* la serie que, según George Cohen, «lo presentó al país». Y Evie no discrepó. Si Evie estaba allí –con los espectadores, los pelmazos, los buscadores de autógrafos–, él sentía su codazo, su pellizco en el brazo, pero incluso cuando no estaba, la oía susurrarle al oído: «Adelante, Jack. Hazlo. Una vez más. Sé Terry Treadwell.»

La serie que llenó de pasta su cuenta bancaria y la de George. E hizo famoso su nombre. Jack Robbins. O Terry Treadwell. ¿Cuál de los dos era él?

Pero un día, por fin, se las arregló para dejar de «ser» Terry Treadwell, o bien el pobre diablo de Terry Treadwell dejó de «ser» él mismo. No le gustaría concretar el día que Terry Treadwell expiró. Había tenido su momento, el pobre imbécil, y luego se había perdido en el recuerdo. ¿No salía Jack Robbins en aquella telecomedia de hace años? ¿Cómo se llamaba aquel personaje? ¿Tommy nosequé, Teddy nosecuántos?

Habría otros papeles y algunos llegarían como un sueño, y él se limitaría a flotar sobre ellos como si lo hubieran estado esperando a él desde siempre. Por ejemplo, el primer papel shakespeariano que interpretó, el de Puck en el *Sueño de una noche de verano.* Hablando de sueños. Puck. Nada de bromas, por favor. Fue un «Puck brillante». Una revelación. ¿Era el mismo, preguntaban, el mismo actor que había hecho de Terry Treadwell? Pues sí, lo era.

Pero también eso se perdería en el recuerdo. ¿No hizo una vez de Puck, en Stratford, un grandioso Puck (o, como le gustaría señalar pedantemente, Robin Goodfellow)?

Y nada de bromas indecentes, por favor. Mi mujer siempre pensó que podía ser un gran Puck si me lo proponía en serio. Como, antes de ella, demasiadas chicas para recordarlas ahora. Pero ninguna después. De verdad.

Así que ¿quién recordaría alguna vez a Jack Robinson? Sobre todo cuando aquel verano, aquel septiembre, Jack Robinson también dejó de existir sin más, se fue sigilosamente sin más, se le había acabado el tiempo para no volver nunca. ¿Quién iba a recordarlo? Solo él, desde luego, que pública pero crípticamente decía: «Ah, solo un viejo que cantaba y bailaba.»

«Crecí en las variedades, ya saben. La sal de la vida. Hace mucho tiempo. ¿Actuar? Ustedes bromean.»

Pero había estado allí, entre bastidores, sin ningún otro papel para él. Y no era un papel escrito por otro, como los que le ofrecerían en el futuro, de esos de los que George habría podido decir –porque no había ningún George entonces–: «Puede que esto te interese, guapo.» Había inventado a Jack Robinson él solo. ¿Cómo coño había ocurrido? Por su culpa, por su estúpida culpa. Y ahora tenía que ser *él*. Todas las putas funciones. ¿No era eso actuar? Y por entonces, naturalmente, todos creían que él era él. Y amaba y odiaba al pobre y presumido cabrón.

Algunos habían empezado a gritar ya. «¡¿Dónde está Jack?! ¡¿Dónde está Jack?!» Bueno, era su nombre de pila, así que ¿a cuál se referían? «¡¿Dónde está Jack?!» Chusma de mierda.

Algunos tramoyistas, al verlo petrificado allí entre bastidores, pensarían que estaba ordeñando el momento. Ya está otra vez. No se daban cuenta de que era una de esas noches en que no podía dar un paso, estaba al borde de un precipicio, y estaba lleno de confusión y terror. Y no había nadie para empujarlo. Solo él, naturalmente. Y en los tiempos de Maricastaña, su madre, que se había largado hacía mucho con el propietario de un garaje. ¡El propietario de un garaje! Os lo pido, amigos. Su madre, que antaño había trabajado en revistas de variedades, que antaño había sido conocida, entre otros nombres (tímida y pequeña ordeñadora como había sido), por el de Betty Lechera. *«Soy Betty la Lechera y temblando estoy toda entera...»* Había cantado eso en cierta ocasión.

Y no había ninguna Evie para darle un empujón. Todavía no, todavía no. ¿Cómo podías darte un empujón en la espalda tú solo?

«¡¿Dónde está Jack?! ¡¿Dónde está Jack?!» Se había convertido ya en un canturreo y como es lógico todos pensaban que era fantástico –incluso él pensaba que era fantástico–, estaba ordeñando el momento, batiendo su crema, saboreándola. «¡¿Dónde está Jack?!»

Y entonces ocurrió. ¿Cómo había sido? Saltó al precipicio, pero siguió allí. No cayó a plomo. Las candilejas lo envolvieron en luz y a continuación, solo por haber hecho aquello, solo por haber dado aquel paso, tal pareció al menos, fue saludado por la salva de aplausos. Y entonces, en menos que canta...

—¡Aquí me tenéis! ¡Aquí me tenéis! ¡Es increíble! Me pareció oír que me llamaba alguien. Y bien, amigos, ¿lo estáis pasando bien?

—¡Siiií!

—¡Pues en ese caso me voy!

Era Jack Robinson. ¿Quién, si no? ¿Y qué habría sido la función sin él? Algunos habrían dicho que él era la función. Y qué gran presentador era, como ningún otro, entrando y saliendo sin cesar de la representación. Avanzaba hasta situarse delante del telón, para cruzar unas palabras con los espectadores, para ser su amigo de siempre, su viejo colega, y luego retrocedía para hacer uno de sus números. O desaparecía tras un decorado —¿dónde está Jack?— y aparecía de nuevo. Y nunca dejaba de estar presente al final, para dar su blablablá de buenas noches y cantar al público su canción.

—Así que os deseo buenas noches, chicos y chicas, *buenas noches** para quien venga del extranjero, y fijaos, amigos, en dónde ponéis los pies cuando recorráis el camino de madera en la oscuridad. Os aseguro que las tablas de aquí arriba ya son suficientemente peligrosas...

Pero en ocasiones, cuando desaparecía, no perdía el tiempo entre bastidores, ni iba al camerino a secarse el sudor, ni salía a la terraza protegida que estaba reservada a los miembros de la compañía, para

* En español en el original. *(N. del T.)*

quedarse apoyado en la barandilla, dejar caer la ceniza del cigarrillo en las olas y ser él mismo (¿él mismo?) durante un rato.

Lejos de ello, se adentraba en otro espacio. Salía zigzagueando de los bastidores en dirección a la puerta del local, aunque no llegaba a ella. El camino era allí fácil de recorrer. Reaparecía en la oscuridad, al fondo del patio de butacas, mientras se reanudaba la función y, lo que son las cosas, esta podía continuar alegremente sin él. Allí se mezclaba sigilosamente con el público y, si alguien lo veía, convertía la maniobra en una operación furtiva. Se llevaba el dedo a los labios. Sí, soy yo, pero no me has visto, ¿de acuerdo?

Tomaba asiento en una de las butacas vacías de la última fila, aunque había notado que quedaban pocas libres ahora que la temporada estaba en su apogeo. Casi estaban en agosto. Y si no había butacas vacías, se apoyaba en la pared o utilizaba una de las sillas plegables de las acomodadoras. Ante la acomodadora repetía lo del dedo en los labios.

Y con una de aquellas acomodadoras, dicho sea de paso..., pero esa era otra historia.

Y observaba. Si alguien hubiera acechado aquellos movimientos –aunque habría tenido que ser un espectador habitual, un masoquista, como los llamaba él–, habría advertido que siempre miraba el mismo número. El de Pablo y Eve. El primer espacio después del entreacto. Acababa de estar en escena para presentarlo –«Y ahora, chicos y chicas»– y ahora se encontraba en el patio de butacas, como un espectador más.

«Y ahora algo que no vais a creer...»

Y le convenía volver pronto al escenario para cuando el número terminase.

«¿No os lo dije, amigos, no os dije que...?»

Se sentaba, observaba y quizá se preguntaba, como todos los demás, cómo se hacían aquellos trucos. Pero no miraba a Ronnie o Pablo, claro que no. Allí, al fondo del patio de butacas, era parte del público y no lo era. Era Jack Robinson y no lo era. No era ni siquiera Jack Robbins.

En la oscuridad, ni entre el público ni fuera de él, percibía en ocasiones la endeblez, la artificiosidad del embelesado y lujoso edificio que lo rodeaba. ¿Lujoso? Si encendieran las luces, sabía que no tardaría en verse lo destartalado, estropeado y falso que era todo. Que todo dependía de las apariencias. A veces, por encima de los estremecimientos y jadeos del público, le daba la impresión de que oía los crujidos y el pandeo del maderamen del muelle, como un buque que zozobrase. Aunque era más probable que fuera él el que zozobraba.

¿Por qué hacía aquellas incursiones furtivas? ¿Únicamente para ver lo que parecía, para captar el efecto, sin todo el aparato perceptible entre bambalinas? ¿Para hacer de espía e informar? Naturalmente que no. Sencillamente, necesitaba observarla a ella sin que lo vieran a él. Olvidémonos de «Pablo y Eve». Olvidémonos de Pablo, olvidémonos de Ronnie. Olvidemos incluso todo el número que hacían juntos. Se trataba únicamente de ella. Allí se acercaba al borde de otro precipicio y sentía el suelo resbaladizo que pisaba, su propio vértigo. Todas las chicas, pero la quería a ella. Sentía que se hundía, como un hombre que se ahoga.

100

Evie se mira en el espejo. Sus labios están sellados. Sus labios son, en cualquier caso, una versión apagada de lo que habían sido en otro tiempo.

Y si nadie podía decirlo –o nadie lo diría–, entonces, ¿cómo sabía nadie que existía en principio algo llamado magia? Toda hecha con espejos. Pero esto plantearía un interrogante fenomenal, ¿no? Si no existía eso llamado magia, ¿por qué hacerse mago?

Una noche, después de una larga jornada en la sala de ensayos de la parte posterior del Teatro Belmont, fueron a casa de él y se abrazaron en la cama. Era algo que tenía que ocurrir tarde o temprano. ¿Había sido por arte de magia, porque Ronnie, siendo lo que era, había hecho que ocurriese? No, si ella era Evie White, no fue así, no si ella no tuvo intervención alguna. Pero, entonces, ¿sería acertado decir –desde luego sería una lástima– que no había habido allí nada mágico? ¿Sería erróneo afirmar que hasta cierto punto habían caído bajo un hechizo?

Y –por adelantarnos a los hechos– ¿sacó Ronnie aquel anillo únicamente porque quería estar seguro, porque quería conservar lo que había capturado? Si era un mago, ¿qué necesidad tenía de hacer aquello? ¿O lo enseñó porque ella hizo algo que debió de parecerle mágico incluso a él? La cosa en cuestión había hecho que él pusiera como platos aquellos ojos suyos. Él le había hecho una pregunta, una pregunta que no había hecho a nadie en toda su vida, y ella había respondido, muy aprisa por cierto: «¡Sí, Ronnie, sí!» Había pronunciado aquel adverbio en otras ocasiones, en demasiadas para enumerarlas, pero nunca de aquel modo, con más vehemencia que en todos sus veinticinco años de vida.

De modo que *voilà!*

Pero cada cosa a su tiempo. Habían ido a casa de él. Era un apartamento pequeño y sucio, pero no tan pequeño ni tan sucio como ella había esperado (¿nuevamente la dádiva del cielo?) y, en cualquier caso, los había visto peores. Corría el mes de noviembre y hacía frío, uno de esos crudos días de otoño en que da la impresión de que anochece a las tres de la tarde. Mientras permanecían abrazados, una estufa eléctrica, una Belling portátil apoyada en el suelo no lejos de ellos, con las resistencias incandescentes, bañaba sus cuerpos de luz y calor. De vez en cuando crujía y resonaba.

Pero ¿qué se hace después? Se habla, al menos durante un rato. Ella le frotaba el pecho con la palma. Era un pecho estrecho que no estaba mal y tampoco era tan estrecho, y ahora que tenía el privilegio de tocarlo y observarlo de cerca, se daba cuenta de que tenía la cantidad justa de pelos, ni abundantes, ni largos, ni rizados. Los palpaba con la mano y sentía una aspereza agradablemente suave, y brillaban a la luz de la estufa, despertando ocasionales destellos cobrizos.

–¿Por qué la magia, Ronnie? ¿Cómo empezó todo?

Él no dijo, como ella habría podido decir en respuesta a casi todas las preguntas sobre su vida, «Por mi madre». Pero con el tiempo llegarían al tema de su madre. No era un hombre tímido ni vacilante (¿qué estaban haciendo en aquel preciso momento?), pero podía ser muy cuidadoso para determinadas cosas. Había que sonsacárselas con delicadeza.

Por lo visto, Ronnie había acabado siendo mago más por casualidad que de manera intencionada, aunque una vez que se plantó la semilla, el deseo se había apoderado completamente de él. Puede que la siembra hubiera sido en sí misma un golpe de magia.

–¿Dónde fue, Ronnie?

Seguía acariciando el pecho del hombre. Estaba a punto de caer en un hechizo no pequeño.

–En un lugar llamado Evergrene.

–¿Evergrene?

–Evergrene.

Lo dijo con un punto final de los grandes. Lo dijo como si hubiera podido añadir: «¿No sabe todo el mundo lo que es Evergrene? ¿No lo explica eso todo?»

–Tendrás que hacer un pequeño esfuerzo. Tendrás que decirme dónde está Evergrene.

–En Oxfordshire. Pasé la guerra allí. Estás hablando con un evacuado con todas las de la ley. ¿Y tú?

La muchacha resolvió aquello con rapidez. No, a ella no la evacuaron. Ella y su madre habían pasado la guerra en Woking. Muy lejos de los muelles y, fíjate, sin sufrir daños. Además, la madre había tenido que cuidar de la trayectoria teatral de la hija. «Esta guerra acabará algún día, Evie, y entonces ¿qué? Entonces ¿qué?» Pero esa era su historia, podía esperar.

No, ella no había sido evacuada en ningún momento. Aunque ahora casi empezaba a desear que la hubieran evacuado.

–Sigue, Ronnie. Evergrene.

A juzgar por la cautela con que empezó a hablar de lo que habrían podido ser unas vacaciones de seis años, dio la impresión de que había experimentado allí –antes de que le creciera pelo en el pecho– el gran momento de su vida. Era reacio a hablar al respecto, quizá porque todo parecía demasiado bueno para ser verdad. Lo parecía. Era posible que se lo estuviera inventando todo y le estuviese tomando el pelo. Pero poco a poco la muchacha se dio cuenta de que hablaba de aquellos años de su vida con tantas reticencias y tan a regañadientes porque nunca había hablado de ellos con nadie. Ella era la única, ella era la primera.

Y seguramente fue también la última.

Para conocer la vida de Ronnie Deane, Jack Robbins sería la única otra fuente o corroboración que tendría. ¿No hacía aproximadamente diez años que lo conocía Jack? Pero la muchacha se percataría muy pronto de que era más bien al revés. Puede que Jack supiera un centenar de cosas que ella desconocía, pero no los detalles que Ronnie le había contado a ella en exclusiva y que ella, en cambio, nunca contaría a Jack.

Jack solo le diría, colando un sinfín de bromas sobre el tema: «Estuvo en Oxford, Evie. Buena familia. Se licenció en magia. Conoció al Hechicero de Oxford. El aprendiz de brujo.»

De todos modos, aún tenía que conocer a Jack Robbins.

Acariciaba el pecho de Ronnie y tenía la sensación de que –a pesar del vello– igual podía estar acariciando el pecho de un niño de ocho o nueve años.

Resultó que el hombre había tenido dos infancias –casi dos vidas, como quien dice– y la segunda había reemplazado a la primera. Había sido acogido por un matrimonio, los Lawrence, que lo había educado como si fuera hijo suyo. Y, encima, el señor Lawrence, Eric Lawrence, resulta que era un mago que temporalmente trabajaba muy poco.

Pero la guerra había acabado y aquella –¿cómo llamarla?– vida mágica había tocado a su fin, incluso había dado marcha atrás. O no exactamente, porque Ronnie había deseado ser también un mago y, hasta cierto punto, lo era ya.

No era muy difícil adivinar ahora, antes de que Ronnie se lo dijera, que su «pequeña dádiva del cielo», de la que ella era beneficiaria indirecta, procedía de aquel mismo Eric Lawrence, que había fallecido recientemente, según le dijo Ronnie. Poco a poco se hizo evidente que otro motivo por el que a Ronnie le había costado tanto dar aquella información era que aún sufría por la pérdida.

No habría estado ella acostada allí –no habrían estado allí acostados los dos– si no hubiera sido por el dinero de Eric Lawrence. Así que de magia nada.

Pero no era tan sencillo. Ella quería conocer el resto de la infancia de Ronnie, la «verdadera». Pues daba la impresión de que el hombre le estaba ocultando muchos detalles.

Y en cualquier caso, ¿cómo –por adelantarnos otra vez a los hechos– había acabado llamándose «Pablo»?

–Pues porque me llamo así. Es mi segundo nombre. Me llamo Paul.

–Sí. Pero.

Y Ronnie respondió:

–Mi sangre española, Evie.

Lo cual fue casi tan misterioso como cuando había dicho: «Evergrene.»

Aunque, la verdad, al mirarlo –y lo estaba viendo a sus anchas en aquel momento– también aquello habría podido adivinarse. Sobre todo por los ojos.

–No te rías, Evie, pero el segundo nombre de mi madre es Dolores.

Bueno, algo era algo, y aquello dio forma en su mente a una imagen de la madre de Ronnie –colorida, exótica, incluso teatral– que le infundió vivos deseos de conocerla, incluso fantaseó con que su propia madre, que solo se llamaba Mabel, podía querer conocerla igualmente.

Pero esto sería adelantarse demasiado a los hechos, y además la muchacha se equivocaba de medio a medio.

–¿Y dónde está ahora, Ronnie? Me refiero a tu madre. ¿A qué se dedica?

–Vive a tres kilómetros de aquí. Friega suelos en Bethnal Green. ¿Quieres ir a verla?

Con el tiempo quedaría claro que sería la única vez que Ronnie haría aquella invitación y también que no la había hecho en serio. Naturalmente, también era lo último que ella habría querido hacer en aquel momento.

–No, ahora no, Ronnie.

Pero después, cuando la joven tuviera tiempo para pensar en ello, no le costaría ponerse en el pellejo de la señora Deane e imaginar lo que sería recibir en Bethnal Green la visita de su único hijo y descubrir que había cambiado por completo. No solo cambiado, quería ser mago.

No tardó mucho en percibir que había habido una ruptura.

Y una ruptura que no había hecho más que empeorar cuando Ronnie había tratado de arreglarla. Todo esto lo contó espontáneamente también aquella tarde, mientras la estufa eléctrica seguía crujiendo y zumbando.

Cuando recibió la importantísima dádiva del cielo —y ahora tocaban hechos muy recientes—, Ronnie, con su mejor voluntad, había ofrecido a su madre la parte principal de la misma, para compensar los perjuicios y la separación sufridos. Pero su madre la había rechazado. Incluso, por así decirlo, se la había arrojado a la cara. Se pronunciaron palabras fuertes.

Ronnie utilizó otra expresión que al parecer había atesorado.

—Es la pasión española, Evie.

¿Todavía quería ir a verla?

—¿Cuál es su nombre de pila, Ronnie?

—Agnes.

Agnes Dolores. También incitaba a la mente a forjar imágenes.

—¿Y el de tu padre?

Se produjo una larga pausa. Era una pregunta sencilla.

—Sid. —Hubo otra larga pausa—. Yace en el fondo del mar, Evie. Marina mercante. 1940.

Y aquello concluyó la conversación. Pero al menos allí estaban unidos de algún modo. Ella no habría po-

107

dido dar tantos detalles sobre su padre. Por lo poco que sabía sobre su paradero (ella creía que se llamaba Bill), podía yacer igualmente en el fondo del mar.

Pobre Agnes. Pobre Mabel.

La muchacha no reveló nunca nada de esto a su propia madre. Cada cosa a su tiempo. Y con tiempo suficiente, pensaría ella, pues es posible que Ronnie acabara por decírselo personalmente. De todos modos, antes tenía que hablarle a su madre de Ronnie, aunque lo dejó para más adelante, para estar segura de sus motivos. Pero un día, haciendo uso de un teléfono del Teatro Belmont, dijo:

–¿Sabes una cosa, mamá? Trabajo con un mago. –Y luego, poco tiempo después, dijo–: ¿Sabes una cosa, mamá? Voy a casarme con él.

Puede que no fuera lo que toda madre quiere que le diga su única hija, pero la respuesta de la madre fue sencilla y franca:

–Ay, cariño, eso es maravilloso. ¿Y cuándo lo conoceré?

Parece que Ronnie y su madre no intercambiaron nunca unos mensajes tan emocionantes. La muchacha llegaría a preguntarse si la madre de Ronnie había tenido alguna vez noticias sobre la existencia de su futura nuera. Y, afortunadamente, acabaría por creer que sí.

Sin embargo, durante unos meses de ilusión, ella, Evie White, fue la tonta que pensó que su inminente boda con Ronnie podía cumplir dos objetivos. Como es natural, se casaría con Ronnie. Pero ¿no podría ser este enlace, incluso en perspectiva, el medio de conseguir la feliz reconciliación de madre e hijo? Cuando imaginaba a la madre de Ronnie, se representaba dos madres en una misma persona, pero en guerra consigo mismas. Una llamada Agnes, con un corazón de piedra, y otra llamada Dolores, con un corazón dispuesto a derretirse. Ella, Evie White, con un corazón –eso creía ella– sencillo e íntegro, era una idiota por analizar de un modo tan infantil a una persona que ni siquiera conocía. Una idiota por creer en tales memeces.

Una mañana de principios de julio de 1959, dos semanas después de empezar la temporada, Mabel White se apeó del Brighton Belle en la estación de Brighton. Llevaba una pequeña maleta blanca, un vestido de verano llamativamente alegre (ambos artículos recién comprados) y una pamela que parecía complementarse con un pequeño jardín propio. Echó a andar por el andén con zancadas decididas y se detuvo a mitad de camino para sonreír de oreja a oreja y saludar vigorosamente con la mano.

Allí tenías a una mujer que sabía hacer una entrada triunfal y que tenía la clara intención de divertirse durante el fin de semana que iba a pasar en la costa. El nerviosismo que había sentido Evie mientras esperaba con Ronnie en la puerta de acceso desapareció ante la vívida figura que se acercaba. Como Evie sabía perfectamente, Mabel había tenido sus desengaños, pero allí estaba, casi cincuentona, semejante a una vigorizante brisa marina.

La joven habría podido volverse hacia Ronnie y decirle, como quien cumple la parte de un trato: «Ahí tienes, esa es mi madre, para que te enteres.»

Pero se apresuró a decir mientras Mabel sonreía:

—Mamá, este es Ronnie.

Evie no sabía (ni sabría nunca) las asociaciones especiales que había entre las madres y las estaciones en la cabeza de Ronnie, que el nerviosismo de Ronnie era de índole compleja, pero por la expresión acobardada que vio varias veces en su rostro durante aquella visita, por lo demás tonificante, se dio cuenta de que el mundo de su madre estaba a un millón de kilómetros del de la madre de Ronnie.

¿Y Mabel? ¿Había aceptado realmente a Ronnie?

—Así que este es... ¡el mago!

Su madre siempre llamaba al pan pan y al vino vino. Calzaba unos pequeños guantes blancos.

Después de la función de aquella noche —«¡Queridos, sois fabulosos!»— en que Mabel y Jack fueron presentados, Evie tuvo claro que si su madre hubiera tenido veinte años menos, se habría puesto con mucho gusto en la cola de las Floras.

—Un tipo raro, ¿verdad? —le dijo a Evie al oído. Refiriéndose a Jack, no a Ronnie.

Era tarde, la madre estaba un poco borracha —estaban en el bar del hotel costero donde le habían reservado habitación— y habrían podido perdonarla por olvidar el principal objetivo de su visita a Brighton, pero Evie se sintió momentáneamente aturdida. Se dijo que su madre y Jack estaban congeniando muy aprisa, porque Jack, como ella sabía ya a aquellas alturas, también tenía una madre «teatrera». Pero aquello no hizo sino volver a plantear el tema de lo diferente que tenía que ser la madre de Ronnie. Se preguntaba cómo debía de sentirse Ronnie, allí sentado, mientras su futura suegra le hacía ojitos a Jack, y ella deslizaba la mano por debajo de la mesa para apretarle la mano a Ronnie.

Cuando vieron alejarse a Mabel en el tren de regreso, la buena señora había cubierto de besos a ambos y los había llamado sus «polluelos». En términos generales, el fin de semana había sido un éxito, pero había puesto de relieve un problema. A Evie, fortalecida por el inmarcesible optimismo de su madre, la solución le parecía obvia. Sin duda hacía falta una visita parecida de la madre de Ronnie. Evie estaba preparada para afrontar todos los desafíos e incluso se veía a sí misma –con ayuda de la fresca brisa del mar y las entradas gratis para el espectáculo– como agente de la reconciliación. Compartía hasta cierto punto el entusiasmo que caracterizaba a su madre.

Pero no tardó en dejar de sugerirlo. Saltaba a la vista, pese a toda la buena voluntad de Ronnie, que aquella visita no iba a efectuarse nunca. Evie dejó de preguntar por la madre de Ronnie, aunque siguió pensando en ella, formándose adustas imágenes de aquella mujer y comparándolas con las últimas obtenidas de su progenitora, y preguntándose –mientras se toqueteaba el anillo de compromiso– qué le estaría pasando.

Fue su primer tambaleo. ¿Por qué había dicho que sí tan rápidamente?

Volvió a oír las palabras de su madre –no las había

oído nadie más– en el fondo de su oído: «Un tipo raro, ¿verdad?»

¿Conocería a la madre de Ronnie de algún modo, en algún lugar, en algún momento? Pero esta línea de pensamiento fue reemplazada muy pronto por una pregunta de otra clase. Hasta el presente día, sentada y sola en el dormitorio, no ha obtenido ninguna respuesta. Pero la pregunta sigue en pie.

¿Cómo podía saber –cómo podía saber ninguno de los dos– que la señora Deane no había estado personalmente en Brighton? ¿Que no había llegado, en secreto y por iniciativa propia, para ver con sus propios ojos a la mujer elegida por su hijo y al mismo tiempo toda aquella insensatez, aquellas paparruchas de la magia a que se había entregado su retoño? Lo único que necesitaba hacer era subir al tren de Brighton, adquirir una entrada en la taquilla del teatro y entrar sin llamar la atención.

¿Había estado sentada allí, amparada en las sombras, y lanzado su implacable veredicto sobre los dos, sobre toda aquella aventura ridícula, marchándose a continuación sin despedirse? Nunca se habrían dado cuenta de que tenían los ojos maternos clavados en ellos.

¿Y qué había podido pensar mientras estaba allí? Ese que está ahí arriba es mi Ronnie, ese que se llama «Pablo» y que está partiendo en dos a su futura esposa con una sierra. Bonita forma de prepararse para el matrimonio. ¿Y quién es esa, qué hace cuando está en casa, esa de las lentejuelas, las plumas y lo de más allá, y que parece que nunca va a dejar de sonreír?

Pero entonces se supo, aunque aún había media

temporada por delante y sus actuaciones tenían cada vez más éxito, que, al margen de si la señora Deane había hecho o no había hecho aquello, no iba a aparecer en el futuro inmediato, ni en secreto ni de ninguna otra forma, porque la señora Deane –Agnes Dolores Deane– había muerto.

El espectáculo siempre debe continuar, pero a veces suceden cosas y es imposible. Estaban a principios de agosto, los visitantes de Brighton aumentaban y el público que acudía al espectáculo del muelle era cada vez más numeroso. Cuando Jack se deslizaba en la sombra para ponerse a vigilar, podía encontrarse sin asientos libres. Y por entonces ya no podía negarse, «Pablo y Eve» se había convertido en una de las principales atracciones. En las carteleras sus nombres estaban en la parte superior y con caracteres más grandes, y al lado había fotos pequeñas y rudimentarias de sus caras, Pablo mirando con fiereza, Eva sonriendo con serenidad.

Eddie Costello, en su columna «Artes y Espectáculos», había dicho burlonamente que «no solo hacían magia, sino que la tenían». Y había añadido que además había que esperarla, porque no era ningún secreto que estaban comprometidos para casarse. Este breve cuento de hadas pendía sobre sus actuaciones como una prestidigitación paralela. Y seguramente no hacía ningún daño, porque era verdad. Aunque no lo era, como había dado a entender Eddie, que fuese un romance de Brighton, que se hubiesen conocido en el muelle y se hubieran prometido, como quien dice, arrullados por el rumor de las olas. Pero que Brighton lo creyera. Solo Ronnie y Evie, o Pablo y Eve, estaban en situación de saber que se habían prometido, a todos los efectos, en Finsbury, en una travesía de City Road, bañados por el resplandor de una Belling portátil.

Y en cualquier caso, los trucos (como la gente los llamaba, porque no se puede impedir que la gente los llame trucos) eran impresionantes y se ejecutaban ya con un estilo cada vez más pulido y arriesgado. Ronnie, decepcionando a algunos, había reducido los chirimbolos aquellos de las cajas y las espadas –«material de ropavejería» lo llamaba él– y había ido llenando los números con elementos que tenían su sello característico, el de los dos. Elementos que no se veían en el repertorio de otros magos. Corría más de un riesgo, quizá, pero funcionaban. Daba a la gente lo que la gente quería, sí, pero ¿por qué no darle algo realmente asombroso?

Por decirlo en pocas palabras, aunque solo Ronnie habría podido decirlo así, estaba pasando de la magia a la brujería. Había una diferencia, una diferencia en cuanto a la ambición, pero una diferencia relativa a la naturaleza misma de las cosas. Había una frontera peligrosa entre ambas, y Ronnie se sabía poseedor de la capacidad para cruzarla. Veía que el país de la brujería lo llamaba por señas. ¿Quién sabía lo que había en él? Y a lo mejor no había posibilidad de retroceder. Ya no era un territorio más del mundo del espectáculo, eso lo sabía, era un reino totalmente distinto, con leyes diferentes y diferentes exigencias. Pero todavía era joven ¿y quién sabía de lo que aún era capaz?

114

Mientras meditaba su entrada en aquella otra tierra solo lo detenía una cosa y no era la falta de valor. ¿Cómo podía llevar a Evie consigo? ¿Cómo podía —aun en el caso de que debiera— alargarle la mano para pedirle que diera aquel salto con él? Sin embargo, ¿cómo podía no hacerlo? No subestimaba sus propias fuerzas, pero sabía ya, era una realidad dura e innegable, que no podía hacer nada sin ella.

Por debajo de su creciente atrevimiento en escena estaba desgarrado y confundido. Eric Lawrence le había transmitido muchas palabras de sabiduría, pero nunca le había dicho que tuviera ayudante. La idea había sido de Jack. Entonces, ¿cómo —Ronnie se lo había preguntado en ocasiones pero nunca había dado con la respuesta— había encontrado Eric a su Penny?

Evie nunca dejaba de brillar en escena, pero él veía de vez en cuando en sus ojos una expresión preocupada, como de quien duda en saltar. Sus ensayos, cuando él trataba de enseñarle su última audacia, se volvieron tensos. «Es superior a mis fuerzas», decía Evie, o: «No te entiendo, Ronnie.»

Recordaba que la muchacha le había dicho, con el desasosiego pintado en la cara, que también para ella era todo aquello un «nuevo comienzo».

A veces, durante la función, los ojos de Ronnie parecían los de un poseso. Los posaba en el público, como diciendo: «¿Creéis que no voy a poder? ¿Creéis que no puede ocurrir?» Sin embargo, la radiante sonrisa de Evie aportaba el equilibrio justo que necesitaba su ardiente concentración. Al público le daba la impresión —¿y qué importaba lo demás?— de que trabajaban juntos y juntos asombraban. Costaba decir cuándo se introducía un nuevo «truco» (por seguir usando esta palabra) y cuándo se abandonaba otro ya gastado. El número se había convertido en un fenómeno fluido, aunque cargado de una tensión emocionante. Nunca se sabía qué podía ocurrir a continuación. Esto acabó siendo, por sí solo, parte de su atractivo.

Las carteleras traían ya frases de reclamo encima de sus nombres: «¡Vengan y vean!» Pero un día –solo fue una idea repentina de Jack– hubo algo mucho más osado.

–Ronnie, ¿por qué no te llamas el *Gran* Pablo? ¿Por qué no piensas a lo grande?

Ronnie se lo quedó mirando un rato, pero dadas las circunstancias no puso objeciones. Tampoco las pusieron los anunciantes del espectáculo. Tampoco Brighton ni su público de veraneantes.

«¡Vengan y vean! ¡Vengan y vean al Gran Pablo!»

Pero Eve era siempre Eve. Y Jack, únicamente Jack.

–Y ahora, amigos, quiero que veáis algo que hará que se os salgan los ojos de las órbitas, algo que no vais a creer. Quiero que conozcáis a un amigo mío, muy especial, ¡el Gran, sí, he dicho el Gran... Pablo! No habla mucho, pero pronto os daréis cuenta de que no le hace falta. Y quiero que conozcáis, también al verla se os saldrán los ojos de las órbitas, a la deliciosa, la exquisita, ¡la embriagadora... Eve!

Sería difícil determinar con exactitud cuándo empezó Ronnie a pensar en un truco grande, una hazaña sensacional que los hiciera realmente famosos. Pero debió de ser en la época en que se metamorfoseó en el Gran Pablo. ¿Fue antes o después de aquellas dos funciones en que, para consternación del público, él y Evie se vieron lamentablemente obligados a ausentarse? ¿Cuándo ocurrió exactamente? Siempre daría la impresión —fue casi como un astuto efecto de escenotecnia— de que Pablo se había esfumado durante cuarenta y ocho horas para reaparecer con nuevas fuerzas y nueva forma como el Gran Pablo. Y sí, con un truco nuevo. Y menudo truco, además.

Nunca le había gustado la palabra, incluso la despreciaba. Fue quizá más o menos por entonces —estaba asumiendo ya la grandeza— cuando expuso con claridad sus opiniones sobre el asunto, cierto día que estaban en el Walpole. Al menos les dio un enfoque distinto. Dijo que *la gente* hacía trucos y trampas, todo el tiempo, ¿verdad? La gente siempre los hacía. Pero los magos —lo diría una vez más— creaban ilusiones. Y cuando, después de decir esto, se dirigió a la barra, algo enfurruñado, para recoger unas bebidas, Jack acercó la cabeza a la de Evie y le dijo:

—¿Trucos? ¿Ilusiones? ¿Cuál es la diferencia, Evie? ¿La conoces tú?

Se había acercado lo suficiente para que la pregunta fuera un susurro y, mientras su aliento rozaba la oreja de la muchacha, pensó un momento en el rumor del mar que dicen que puede oírse pegando una caracola al oído. Y entonces se le había ocurrido que no se podía llamar truco a eso, que la palabra que lo describía era ilusión, pero no podía desdecirse de lo que había manifestado a Evie.

De todos modos fue una desgracia que más o menos por entonces se enterase Ronnie de que su madre estaba enferma e ingresada en un hospital de Londres. La expresión exacta que oyó fue «gravemente enferma». Fue uno de esos mensajes que se transmiten en un código que se descifra con facilidad: «Será mejor que venga enseguida, porque quizá no pueda...»

Era un problema cardíaco. Recordó el «corazón flojo» de Eric Lawrence, como si pudiera haber alguna relación entre ambos casos. Ronnie no había sabido nunca que su madre padeciera del corazón. Y es probable que ella tampoco. Y casi había olvidado que le había dado un número de teléfono para que pudiera avisarlo si por algún motivo...

Entre los motivos inconcretos pudo haber figurado el repentino deseo (nunca expresado hasta entonces) de ir a ver actuar a su hijo en una función y de paso conocer a la mujer que iba a ser su esposa, cosas ambas que habrían podido henchir de gozo el corazón de una madre y un hijo. Pero solo Ronnie sabía si realmente había hecho una invitación así a su madre, incluso si la había hecho partícipe de su compromiso matrimonial.

En cualquier caso no había habido nunca una llamada telefónica hasta aquel día, aunque suponía que su madre había dado el número al personal del hospital o que las enfermeras lo habían encontrado casualmente. A fin de cuentas, él era esa persona que hasta entonces no se le había ocurrido que era: el «pariente más cercano».

¿Había querido su madre que supiera el grave estado en que se encontraba? «Deben avisar a mi Ronnie.» Nunca lo sabría. Incluso mientras respondía a la revulsiva llamada pensaba en todas las llamadas que no habían existido mientras estuvieron separados a causa de la guerra. Pero es que su separación había empezado inmediatamente después. Luego recordó –como si fuera ayer– los pañuelos blancos que agitaban las madres en la estación mientras lo metían a empujones en el tren. Una repentina nevasca de pañuelos: imposible saber cuál había sido el de ella, si es que lo había sido alguno. También recordó los apretones de su mano cuando lo dejaba en las puertas del colegio.

–Díganle que voy para allá.

¿Qué otra cosa podía decir? ¿«Soy un mago»? Díganle que voy con mi varita mágica. Y con mi surtido especial de pañuelos blancos.

Pero había recordado inmediatamente la función de aquella noche. No podía cancelarla sin más ni más. Pero Evie dijo y Jack dijo igualmente que no había más remedio, que tenía que ir para estar con su madre. De pronto eran como otra pareja que le decía lo que debía hacer. Lo cual no hizo más que plantear otro interrogante. ¿Iría Evie con él? ¿Iba Evie, su futura esposa, que no conocía a su madre, a ir con él cuando él iba a ver a su madre, quizá por última vez?

No se lo preguntó. Ella no dijo nada. No fue una puesta a prueba, pero dio la impresión de que no iba a acompañarlo y, mirándolo bien, él entendía su punto de vista. No se lo exigiría. Pero de súbito se sintió muy solo y Evie parecía alejarse de él y volverse una figura indistinta, como si ella fuera ahora quien lo viese partir

119

a bordo de un tren de mal agüero. Que fue casi literalmente lo que ocurrió.

Dijeron que debía ir. Jack dijo que no lo dudara ni un instante. Lo anunciaría especialmente, como es lógico. Se serviría de la palabra que se utiliza en el teatro para describir toda clase de contingencias: «indisposición». Era una de esas palabras, como la expresión «pariente más cercano», que no afloran a menudo, pero que tienen su momento.

Entonces añadió Jack:

—A no ser que quieras que te sustituya y haga tu número con Evie. —Fue un chiste malo en circunstancias en que no hay lugar para los chistes malos, un intento fallido de aligerar la tensión. Pero lo había dicho.

Así que Ronnie Deane subió al tren de Londres y, aunque se trataba de todo lo contrario y hacía mucho que había entrado en la edad adulta, no pudo dejar de sentir que en realidad tenía ocho años y que, en cierto modo, quizá los había tenido siempre. Que nunca había crecido. Que era un evacuado, que había otra vez una guerra, que lo habían metido en un tren, solo que esta vez iba a ver a su madre. Y se sentía igual de mal.

La diferencia era que cuando tenía ocho años no sabía nada de la magia, no había entrado en su idea del mundo. Y mientras viajaba para estar junto a su madre, volvió a pensar en lo absurda e inútil que era aquella cosa que a pesar de todo había elegido como meta de su vida.

—¿Magia, Ronnie? ¿Y qué coño más?

Precisamente: ¿qué más? Estaban a principios de

agosto. Sussex –maduro, verde, adormilado por el verano– pasaba flotando, y él iba en dirección opuesta, alejándose de la costa, alejándose de aquella feliz franja de tierra que se reservaba para las vacaciones y el ocio y donde la gente quería, por lo menos una vez al año, únicamente entretenerse y jugar.

Sabía lo que era encontrarse en una situación embarazosa, por ejemplo cuando –en trenes, sin ir más lejos– se ponía a hablar con una persona desconocida y de pronto surgía la inofensiva pregunta: «¿Y a qué se dedica usted?» A veces mentía. Pero en la mayoría de las ocasiones se armaba de valor y decía la verdad. La palabra no era difícil de pronunciar.

Pero, como es lógico, los interlocutores podían creer que mentía. «Me toma usted el pelo.» O querían que les hiciera «un truco» inmediatamente. Para demostrarlo. O la conversación derivaba hacia terrenos fantasiosos en los que se daba por sentado que él podía hacer *cualquier cosa*. Por ejemplo, solucionar los problemas de la otra parte. Hacer que el dinero creciera en los árboles, que los sueños se volvieran realidad. Adelante, si es usted lo que dice ser. Y había palpables decepciones, incluso un poco de sospecha y desconfianza si ocurría, como ocurría, que no era capaz de hacerlo todo, sino solo unas cuantas cosas.

Y te llamas mago...

Era deprimente, incluso degradante. Qué cómodo, incluso envidiable, poder decir que eres fontanero o viajante de comercio. Qué cómodo había sido, cuando estaba en el ejército, con un uniforme, no tener que meterse en aquellos líos ni tener que dar explicaciones.

Milagros, se sentía como si dijera: usted habla de milagros. Magia sí, milagros no. Los milagros son para los milagreros. Nunca mencionaba la palabra «brujería».

La fastidiosa figura –en realidad no había ninguna sentada junto a él y era libre para mirar por la ventanilla– parecía haberse convertido ya en un agente castigador que llevara incrustado en la cabeza. Incluso era posible que fuese su propia madre, que le leía desdeñosamente la cartilla.

Vamos, señor Mago. Enséñenos lo que sabe hacer.

De todos modos, llegó demasiado tarde. Los poderes que habría podido ejercer, incluso el simple poder de su presencia, quedaron desdichadamente en nada. Cuando llegó, le dijeron que su madre había pasado a mejor vida unas dos horas antes, mientras aún estaba en el tren, peleando con aquellas ideas intempestivas.

Su madre había muerto, desaparecido, se había ido. Lo cual planteaba, al parecer, un problema aún mayor.

–Naturalmente –le dijeron–, aún puede verla, si lo desea...

¿Verla? Pero ¿cómo podía verla si ya no estaba allí? Por otro lado, ¿cómo podía negarse cuando se lo propusieron? ¿Cómo podía decir «No, gracias» y dar media vuelta?

–Sí, me gustaría verla. Sí.

Y allí estaba. Y no estaba. La habían colocado en una habitación pequeña y silenciosa. La veía y no la veía, aunque no podía rechazar una posibilidad aún más desconcertante. ¿Lo veía ella a él? ¿Lo juzgaba? ¿Dictaba su último veredicto, le lanzaba su último e incontestable insulto? Así que estás ahí, Ronnie. Por fin. Pues gracias por haber venido. Qué lástima que no hayamos tenido una última charla. Puede que de todos modos no nos hubiera llevado muy lejos, seguramente no. Y, en cualquier caso, aquí tienes el principal motivo de interés para ti. Aquí estoy. Aquí estamos. Esta es tu madre, Agnes. Y aquí tienes un bonito y pequeño truco para que lo realices, si puedes. Así que adelante.

¿Qué podía hacer? ¿Decirle cosas? La pequeña habitación, con sus curiosas colgaduras, producía el efecto de algo deliberada y exageradamente escénico. ¿Decir que lo sentía? ¿Decir que lo sentía por todo, por todo lo que había hecho o no hecho? De pronto parecía comprender en propia carne —aunque la comprensión se alejaba de él— la más sencilla e inaprehensible de las verdades. Que aquella era su madre y él no estaría —no podría estar— allí, allí de pie, si no hubiera sido por ella. Era su madre, pero se había desvanecido. Y sin embargo seguía allí. ¿Cómo podía nadie ni nada desvanecerse sin más?

Se inclinó para besarle la frente. Sintió el frío en los labios y ella no dio ningún indicio —ni sonrisa, ni frunce, ni respingo— de que se daba cuenta de lo que hacía. Sintió que sus labios tocaban también la fría superficie del agua, el agua profunda e indiferente bajo la que yacía su padre, no menos ajeno a todo.

Tuvo que quedarse un par de noches para arreglar unas cuantas cosas inaplazables. Había sido el corazón, sí, el corazón. Tenía solo cuarenta y nueve años. Él podía haberse quedado a dormir en la casa de Bethnal Green, pero durmió en el antiguo apartamento de Finsbury –lo había conservado– donde él y Evie habían dormido juntos a menudo. Se alegró intensamente de que Evie no estuviera allí y fue intensamente consciente de su ausencia. Parecía haber transcurrido un siglo desde la noche que habían vuelto del Teatro Belmont y ella le había preguntado –ya entonces– por su madre.

De todos modos tuvo que ir, por razones prácticas, a la casa de Bethnal Green. Se sintió, mientras estuvo allí, en la casa donde había empezado su vida y donde se habían formado sus primeros recuerdos, como un intruso, un impostor, un ladrón.

Fueron dos de los peores días de su vida, pero lo peor aún estaba por llegar. ¿Tuvo algún presentimiento?

Al entrar en la estación Victoria, para volver, vio que el andén donde se abordaba el tren de Brighton estaba abarrotado de alegres viajeros que se dirigían a la costa e hizo algo poco habitual. Adquirió un billete de primera clase para poder descansar protegido y mirar otra vez por la ventanilla. Oyó claramente la voz de su madre: «¡Ronnie, has venido a ver a tu madre muerta y vuelves en primera clase!» Volvía a abandonarla. Esta vez iba en la buena dirección o, en un sentido más profundo, en la dirección equivocada. Volvía a Evergrene con una etiqueta en el cuello. No, no era así.

Mientras corría hacia Brighton, sin darse cuenta se puso a hacer balance de su vida casi como si también se hubiera extinguido. Se dio cuenta de que era ridículo. Aún tenía toda la vida por delante. Al cabo de unas semanas se casaría con Evie. Sin embargo, la muerte lo había visitado dos veces en poco más de un año. La primera –con su bendición, su regalo– con el aspecto de Eric Lawrence. Ahora, con una condena, con el aspecto de su madre. Era el huérfano absoluto. Había perdido incluso a su padre adoptivo, a su mentor, sin palabras finales de sabiduría que lo ayudaran. La verdad es que para creer en la magia, y no digamos para convertirla en profesión, había que estar un poco loco.

Pero aún deseaba hacer prodigios, cosas que la gente creyera imposibles.

¿Tenía toda la vida por delante? Bueno, quizá. Su madre no había pasado de los cuarenta y nueve años. Su padre, el pobre, torpedeado por un submarino alemán, solo tenía treinta.

Se creía que los loros vivían mucho, pero no eran más que pájaros. Y se iban volando.

Mientras miraba por la ventanilla de primera clase, con la nariz pegada al cristal (nadie le habría visto la cara), los ojos se le habían llenado de lágrimas, aunque al mismo tiempo se había hecho una pregunta justificada: ¿es que no eres feliz? ¿No tenía todos los motivos del mundo para serlo? ¿No había encontrado una meta en su todavía breve vida? ¿No había encontrado a la mujer amada? ¿No había tenido una infancia feliz, una maravillosa e inesperada segunda infancia? Es posible que su madre lo hubiera sabido siempre.

A la gente no le gustaba decir que era feliz porque pensaba que entonces podía ocurrir algo malo. Pero a

125

él le había ocurrido algo malo, así que estaba fuera de peligro. No obstante, ¿cómo podía decir que era feliz, aunque lo fuera, si su madre acababa de fallecer? «¡Ronnie, has venido a ver a tu madre muerta, te vas en primera clase y dices que eres feliz!»

A la gente no le gustaba creer en la magia, pero podía ser muy supersticiosa.

Fuera, las urbanizaciones periféricas cedían el paso a los verdes campos, se fue Surrey y llegó Sussex. Los trigales pasaban volando, amarillos, lozanos, esperando la siega. Pero para tristeza de los segadores y de los veraneantes que iban en el tren, el cielo no era tan azul ni tan bonancible como en su viaje de ida. Se habían acumulado densos nubarrones, como es habitual durante el verano inglés, y de súbito todo el paisaje, aunque llegaba y se iba a velocidad vertiginosa, se volvió tempestuoso y dramático. La lluvia azotó la ventanilla, la vegetación que tenía delante se empapó y desdibujó, tanto que sus ojos anegados parecían propios de un idiota.

Pero entonces, con la misma cualidad repentina, mientras una parte del cielo seguía derramando lluvia, agujas centelleantes que contrastaban sobre el fondo de las nubes negras, la otra mitad del mundo volvió a llenarse de sol.

Un atardecer, en Evergrene, cuando acababa de cumplir diez años, se encontraba en la sala de estar delante de Eric y Penny, que habían juntado sus sillones. Estaban uno al lado del otro, de modo que él tenía delante un público de dos personas, y estaba de cara a ellos, con la mesa verde al lado. Sabía ya que lo que cubría la superficie se llamaba «tapete», una palabra bonita, pero sabía también que la mesa no era lo que parecía. Era una mesa y no lo era, y esto podía decirse de muchísimas otras cosas. Era la primera puerta que había que cruzar, por así decirlo, para acceder a una nueva forma de concebir todo lo que había alrededor.

La mesa era solo una mesa y se veía claramente que su superficie verde no tenía nada encima, y que sus patas eran plegables, de tal modo que todo el mueble podía reducirse de tamaño y guardarse. Era una mesa de juego que se sacaba solo cuando hacía falta. Pero nadie advertía —¿a santo de qué tenía que advertirlo?— que la mesa tenía otras partes que podían doblarse, estirarse y contraerse allí donde estaba. Había allí otro mueble totalmente secreto y la gracia estaba en que el público no lo viera.

Y como Ronnie aprendería con el tiempo, los espectadores podían ser muy tontos y muy miopes.

Tocó la mesa con la varita y luego pasó la mano varias veces por la superficie. Tocó luego las patas con la varita y la agitó entre ellas, todo para dar a entender que la mesa era solo una mesa y que lo que no era madera era simplemente aire. Pero realizó estos movimientos con fluidez y sin precipitarse —esto era muy importante—, haciendo mucha ceremonia y mucho teatro con las manos y los brazos. Todo era para dar a entender que había que confiar en él, que dominaba la situación, que era el artista y el que cortaba el bacalao. Pero también era para hacer otras cosas sin que lo vieran.

Luego rodeaba la mesa, primero en una dirección, luego en la otra, dando vueltas completas para que se viera, una vez más, que alrededor solo había aire, pero también para que se creyera que la mesa, de algún modo, obedecía sus órdenes, que era como un animal amaestrado.

El reducido público de dos personas estaba concentrado en la mesa, la observaba con mucha curiosidad, y sin embargo, sin darse cuenta, la intensidad con que miraba desviaba su atención en el sentido deseado por el artista. Naturalmente, este público, compuesto por Eric y Penny, no era como un público de verdad, porque los dos sabían cómo se hacía la operación, pero fingían que no y querían comprobar si el artista era capaz de hacer bien las cosas sin que ellos lo notaran. Era una puesta a prueba, incluso podía decirse que una audición. Eric sabía que había llegado el momento.

Era un trabajo sencillo en el repertorio de la magia. Hacer que apareciera algo en la mesa, un objeto que no estaba allí momentos antes. El objeto en cuestión quedaba al arbitrio del mago. Sorpréndenos. Y recuerda: todo el tiempo hay que hacer *teatro*. No exageres, pero haz teatro.

Fuera estaba oscuro, un anochecer de fines de noviembre, habían transcurrido unas semanas desde que habían comunicado a Ronnie que su padre había «desaparecido» y casi se había hecho ya a la idea. Al fin y al cabo, siempre había estado ausente. ¿Cuál era la diferencia? Pero había una diferencia, y Ronnie seguía bregando por entenderla.

Aunque abrigaba la esperanza de que aquella noche

fuera capaz de hacer que apareciera algo de la nada —había aprendido a hacerlo—, sabía que no sería capaz de conseguir que apareciera su padre. O al menos una cosa así no estaba todavía a su alcance, ya que era solo un principiante impaciente. Su reciente e intensa dedicación a la magia era, como Ronnie entendía oscuramente —aunque Eric y Penny lo veían con claridad—, una forma de desviar la atención, de olvidarse del dolor que le causaba pensar en su padre.

No era una de esas noches en que Eric estaba «de guardia», pero las cortinas opacas de la casa estaban corridas con todo rigor detrás de las cortinas habituales. Por lo que sabían, podía ser la noche en que la Luftwaffe optara por olvidarse de Londres y Liverpool para pulverizar Oxford (en realidad fue el turno de Coventry). Pero, por el momento, la sala de estar de Evergrene se había transformado en un pequeño y silencioso teatro, con las cortinas corridas y solo un par de lámparas de pie, con pantalla de ribetes dorados, encendidas para crear ambiente.

Ronnie lo había meditado a conciencia: ¿qué debía aparecer en la mesa? Puede que su idea no fuera muy original, pero cumpliría su papel y le permitiría añadir un toque especial que no fuera simple efectismo, y había necesitado cierta preparación previa.

Después de dar varias vueltas, se quedó delante de la mesa, de cara a Eric y a Penny, y alargó los brazos con las manos abiertas, como para confirmar que no había nada por aquí, nada por allá, nada sospechoso en ellas. Sin embargo, sentía un extraño poder mientras hacía estos movimientos. Era el poder del instante de la actuación, aunque no podía desligarlo de cierta habilidad para intrigar que había adquirido realmente y que en lo sucesivo no lo abandonaría nunca.

Sentía igualmente la extraña fuerza de su silencio. No había dicho ni una sola palabra y no lo necesitaba: se había limitado a moverse. Y su silencio había silenciado al público.

Pero entonces se le escapó una exclamación que no había planeado. Le salió con espontaneidad y energía, un «¡Ah!» repentino, un brote explosivo del aire de los pulmones. Al mismo tiempo rasgó el aire con la varita —inactiva hasta entonces entre dos dedos, como una baqueta ociosa— y dio una palmada por encima de la cabeza. Abrió los brazos haciendo una ligera reverencia y se hizo a un lado.

En el centro de la mesa había un vaso con rosas rojas de tallo largo. Resultó que eran las últimas rosas lozanas que quedaban en un arbusto del jardín y que habían sobrevivido —quién sabe si por algún poder que tenía Ernie— hasta bien entrado noviembre. Eran visibles desde la ventana del cuarto de Ronnie y le habían llamado la atención mientras preparaba su número.

Sin embargo, antes había tenido el detalle de pedir permiso a Ernie con toda discreción. Ernie había dicho: «Sírvete tú mismo, Ronnie, las rosas no son mías.» Le había dado la impresión de que Ernie había comprendido con toda exactitud para qué las quería.

Así que aquella misma mañana había cortado las mejores rosas —cinco en total— y las había escondido, como había escondido el vaso.

130

El resultado final fue que Eric y Penny aplaudieron calurosamente e incluso lanzaron los gritos y exclamaciones de placer que los públicos, aunque Ronnie no tenía aún la experiencia necesaria para saberlo, lanzan a veces. Y se dio cuenta de que el alborozo de sus espectadores era sincero, que no fingían, aunque habrían podido hacerlo fácilmente, solo para complacerlo.

Fue la primera vez que saboreó un aplauso. Era cojonudo.

Pero aquello no fue todo. Moviéndose siempre con fluidez y elegancia, como si todo formara parte del número y quizá, a su modo, fuera también una especie de magia, sacó dos rosas del vaso y, adelantándose mientras los espectadores seguían aplaudiendo, entregó una a Penny y otra a Eric, en este orden, naturalmente, haciéndoles sendas reverencias.

Había sido una puesta a prueba, una audición, la primera actuación de su vida, aunque esperaba que el doble gesto final hubiera transmitido otro significado que, aunque invisible —no como el vaso ahora—, los espectadores hubieran «visto».

Al recoger las rosas parecían en éxtasis y él volvió a experimentarlo: no había sensación como aquella. No solo había hecho algo que podía admirarse de manera corriente, como se admira al niño que aprende a montar en bicicleta. Había hecho algo fuera de lo común, incluso «imposible», y el poder de hacerlo estaba dentro de él. No era solo que hubiera salido de la nada un vaso con flores. Él mismo se había transformado en otra persona.

Jack lo había anunciado dos noches seguidas. «Indisposición.» Los gruñidos de decepción, incluso de contrariedad, que produjo la noticia revelaban lo mucho que atraía ya la actuación de Pablo y Eve.

Naturalmente, no dijo cuál era la «indisposición» de Ronnie (o Pablo). No le apetecía apagar más aún el espíritu festivo del público. Y, aunque no se pronunció en voz alta, no quiso responder a la pregunta: «¿Y Eve?» Alargó la actuación suya que precedía al número, «Silvery moon», «Luna plateada». Añadió unos cuantos chistes. Dijo: «Ya veis, chicos y chicas, incluso los magos desaparecen a veces.»

«Pero no os preocupéis», decía, «volverá, Pablo volverá.» Lo cual no les hizo ninguna gracia, y él lo sabía, a quienes habían adquirido localidades para aquella noche en concreto. Por el motivo que fuera, concibió la magnánima idea de que cuando volviera Ronnie, se transformaría en el *Gran* Pablo.

Improvisando sobre el tema de la luz de la luna, introdujo un número sensiblero, aunque impropio de la época: «Sigue brillando, luna de otoño.» Había hablado infructuosamente con los Rockabye Boys para convencerlos de que hicieran un número extra con él (cazadoras de cuero, tupé engominado y demás: un número que los pondría en la cumbre o en ridículo, según Jack), pero Doris Lane no se dignó permitirle que la adorase zapateando con suelas de goma a su alrededor, a no ser que ella tuviera su propio número extra: «I've got a crush on you» («Estoy chiflado por ti»). (Fue como bailar alrededor de la reina Victoria y puede que la palabra chifladura viniera como anillo al dedo, dijeron tiempo después que había dicho.)

Al final de la función reforzó su número de clausura, dando vitalidad añadida –otros habrían dicho urgencia sorprendente– a «Red, red robin». *¡Vive, ama, ríe y sé feliz!* En general hizo lo que pudo por tapar el triste hueco de la función de noche, aunque hubo muchos que pensaron –¿y quién podría reprochárselo?– que habían pagado por algo que no habían recibido.

Para empeorar las cosas, aunque difícilmente podría considerarse parte de una maligna conspiración, el buen tiempo de los últimos días se fue a pique, fuertes lluvias barrieron el puerto y el mar se agitó bastante. La insatisfacción del público no disminuyó por eso. Pero la costa es así: risas y alegría y, cuando te das cuenta, estás como una sopa y enfadado.

Un poco como el mundo del espectáculo.

Como es lógico, fueron dos noches en que no pudo colarse en el patio de butacas para dejar de ser Jack Robinson y ser solo un par de ojos en la oscuridad. En cambio, fue en la primera de aquellas noches cuando, sin tener que hacerlo, confesó a Evie que aquello era exactamente lo que hacía de vez en cuando. E incluso por qué.

¿Solo un viejo que cantaba y bailaba? Pero eso no le impediría, en el curso de los decenios siguientes, tener la larga y distinguida trayectoria que tendría como actor y luego como uno de esos que, fuera de escena, hacían comedia, creaban espectáculo ellos solos. ¿Únicamente Jack Robbins, que ligaba con chicas cuando le apetecía? La acomodadora que estaba allí de pie. Nunca me has visto, pero ¿por qué no vienes a verme después de la función? Pero eso, por suerte o por desgracia, no le impedía ser un hombre capaz de enamorarse. Ni de decírselo a Evie White.

—No era el número lo que quería ver, Evie. Era a ti.

Y Evie, cuando repentina pero no pasiva ni impotentemente se dio cuenta de que era la destinataria de todo aquello, no pudo sino pensar: Naturalmente, esto es lo que hace con todas. Así hace que se sientan especiales, hace que crean que son las únicas. ¿Acaso no lo había visto suficientes veces? ¿Y no estaba aprovechando la oportunidad descaradamente? Ronnie no estaba allí. Más claro, el agua.

Pero no pudo dejar de pensar que tenía a Jack más calado que las demás y que también era su oportunidad. ¿Y por qué —una buena aunque incómoda pregunta— no se había ido con Ronnie, para cogerle la mano, para ver a su madre, para estar con él cuando más la necesitaba? Ten cuidado, habría podido decirse, podrías acabar siendo Flora de una noche. Aunque ¿habría sido tan terrible si nadie se enteraba? Incluso habría sido lo mejor (o lo menos malo).

Sin embargo, tampoco podía dejar de pensar —y aquí estaba el reto decisivo— que a lo mejor representaba una conquista especial para Jack. Si lo que le decía en aquel momento, que se escondía en el patio de butacas, era cierto, entonces no era una presa pasajera en la que solo se hubiera fijado la víspera.

Y, por suerte o por desgracia, era verdad. Y, por suerte o por desgracia, ella estaba en lo cierto.

Y ¿no había resultado al final, y después de casi cincuenta años, que todo había sido por suerte?

134

Se mira en el espejo en este momento y se ve como entonces. No como una cría de diecisiete años que no sabe lo que hace, y con un anillo de compromiso en el dedo.

Ronnie había llamado por teléfono. Había dicho:

—He llegado demasiado tarde, Evie. Ha muerto.

Extrañamente, era la voz de un hombre que hubiera hecho algo malo y esperase el castigo.

—Lo siento mucho, cariño. No debes culparte. ¿Quieres que vaya para estar contigo?

Esas fueron sus palabras exactas, solo que ella habría podido estar con él desde el principio. Todo habría sido diferente.

Él respondió que estaría bien. Añadió que tardaría en volver un par de noches. Había cosas que hacer, que poner en orden.

—Cuídate, cariño —dijo ella—. Pensaré en ti.

Aquella misma noche, después de la llamada de Ronnie, después del fallecimiento de la madre de Ronnie, después de la función en que no apareció, se fue a la cama con Jack Robbins. Pensó en su propia madre, en su pamela, en su vestido. Algún día podría tener que dar explicaciones. ¿Sabes una cosa, mamá?

Hablaron de las madres en la oscuridad. Todo el mundo tenía una. Era el tema del día. Qué extraño, la cabeza de Evie reposaba ahora en el pecho de Jack, sus dedos lo recorrían.

En cuanto Ronnie regresó, la miró a la cara y lo comprendió. Ella se dio cuenta. Incluso tenía la sensación de que la había mirado a la cara antes de irse y lo había sabido entonces, en cierto modo, por increíble que fuera, de antemano. Y ella habría podido limitarse a decir al principio: «Voy contigo.»

La miró a la cara y ella se dio cuenta de que él lo sabía. Ronnie no dijo nada. Ni ella tampoco, lógicamente. ¿No era lo importante hablar de su madre?

–Lo siento mucho, cariño.

Habría podido decirlo en cualquiera de los dos casos.

Se había ido a la cama con Jack Robbins. Había sabido lo que hacía. Había sabido incluso que sucedería tarde o temprano, como Jack había percibido. Como muchas otras cosas pueden estar llamadas a suceder en la vida.

Era un viernes por la noche y llegó a conocer a Jack mucho más, incluso a conocer un poco a su madre, aunque no había conocido a la madre de Ronnie. «Madres, Evie, ¿quién no la tiene?» Su pecho subía y descendía bajo la mejilla de la muchacha. Cuando apretó los riñones del hombre con la mano, Jack debió de sentir el bulto del anillo en la columna. El tiempo había cambiado, pero la tormenta estaba lejos. Toda la noche se vieron pequeños fogonazos de relámpagos, suficientes para iluminar las cortinas un instante, y se oyeron retumbos apagados que nunca crecían de volumen, allá en alta mar.

Pero Ronnie dijo una cosa cuando volvió. Vio y supo, y lo que dijo, dado que lo sabía, se parecía a lo que ella habría podido esperar que dijera, aunque fue extraño.

–He visto algo, Evie.

Ella esperó un poco, incluso se preparó.

–¿Has visto algo?

–Sí, lo vi. En el tren.

Ella se mira en el espejo. ¿Tan transparente había sido su cara entonces? ¿Ni siquiera como una cara en el espejo, sino como el propio cristal? Sabía bailar, sabía sonreír, pero nunca había sabido cantar ni actuar tampoco en toda su vida. ¿No? No sabía hacer aquello que Jack había sabido hacer desde siempre –o había fingido que sabía–, tan sencillo como andar, como si no tuviera ninguna dificultad en absoluto para salir de sí mismo, ni siquiera para cruzar un espejo.

Pero es que Jack había dicho cierta vez, en una entrevista, en uno de esos momentos de asombrosa franqueza en que habría podido decirse que no estaba actuando: «¿Actuar? Todos sabemos hacerlo, ¿no? Todos lo hacemos continuamente.»

Ella no pudo dejar de advertir que, en la pantalla de televisión, a él se le notaba la edad en la cara.

Aquella mañana ella había hecho algo extraño. Cualquiera que mirase desde las casas vecinas de Albany Square habría pensado que era un comportamiento extraño. Pero ¿quién habría estado mirando? Era muy temprano. Lo cual hacía la cosa más extraña aún.

Había despertado y sabido al instante qué día era, y lo que debía hacer. No hubo diferencia entre el pensamiento y el hecho. Estaba totalmente despierta, pero habría podido andar dormida. Se levantó, se puso la bata y fue a calzarse ni más ni menos que unas viejas zapatillas deportivas que guardaba de la época en que iba a clases de gimnasia. Se ciñó la bata, descendió a la planta baja, cruzó la silenciosa cocina y salió al jardín. Era una mañana tranquila y despejada, de las que anuncian un día precioso, pero había amanecido hacía poco y el sol estaba muy bajo y avanzaba perezosamente por el jardín. El aire era fresco y vigorizante.

Pero tenía que hacer aquello que nadie, aunque mirase, habría podido ver. Llevar consigo, dentro de la bata, el calor de la cama —la cama en la que Jack había muerto hacía un año—, al lugar donde Jack, si estaba en alguna parte, estaba ahora. Debía hacerlo rápidamente, antes de que el calor que transportaba se le escapase.

Pero antes de darse cuenta, o de verlo, arrolló el hilo pasmosamente fino que estaba tendido entre dos arbustos y del que pendía una telaraña completa. Al empujar el hilo y mientras este se estiraba y finalmente cedía, vio durante un segundo, con el rabillo del ojo, la compleja estructura, bañada en rocío, con que se había tejido: primero que toda ella se agitaba y luego que se arrugaba mientras se desplomaba y desaparecía en el aire salpicado de sombras. Sacudió los brazos para impedir que los restos se le adhiriesen a la ropa. Y entonces advirtió que el jardín estaba salpicado de aquellas cosas que brillaban y parecían oscilar entre los haces inclinados del sol.

Era la temporada propicia para que apareciesen, o para que se vieran, y aunque una telaraña era una de las imágenes mentales más comunes —¿quién no ha dibujado en algún momento una telaraña?—, la realidad del fenómeno parecía cosa de brujas. ¿Cómo diantres aparecían? ¿Cómo diantres se concebían y construían aquellas cosas fascinantes y dañinas?

No había previsto que el jardín estuviera engalanado de aquel modo, como para que ella sola lo viera. Y fíjate lo que había hecho. Pensando en otros asuntos, había arrollado uno de aquellos prodigios y lo había echado a perder.

Recordaría durante un momento la diadema plateada que llevaba en otra época, encasquetada en sus rubias mechas por encima del flequillo.

Principios de septiembre. Hacía cincuenta años exactos que se había clausurado el espectáculo. Final de temporada: la gente se iba, los reflejos de las olas cambiaban, y las mismas olas, incluso los bocados que daban a la playa, parecían saber algo. Era el momento de recoger las tumbonas y guardarlas.

Septiembre de 1959: ella y Ronnie deberían haberse casado entonces. Un brindis por la temporada, un brindis por nosotros y el número de la temporada. ¿Y no era su número, aquel septiembre —incluso a mediados de agosto—, un éxito total? ¿Qué no harían a continuación?

Hubo otra cosa que le dijo Jack cuando sucedió todo aquello, mientras Ronnie estaba con su madre o, para ser más exactos, mientras no estaba con ella. Le dijo:

–¿No crees, Evie, que toda esta historia, el puerto, el espectáculo, el saco de los trucos, ha tenido ya su momento? Los gustos de la gente cambiarán pronto. El futuro está en otra parte, ¿no te parece? Solo la última frase habría podido tomarse como parte de una declaración relacionada con ellos. El resto era intransigencia, aunque un poco triste. Tenía poco que ver con Jack Robinson, el hombre que estaba en el extremo de un muelle y cantaba canciones. A ella le dio la impresión de que estaba con más de una persona –dos, tres personas– al mismo tiempo. ¿Y qué habría podido pensar él de ella?

Estaban en aquel momento en el muelle, en la terraza reservada, y estaban los dos solos. Fue donde, unas semanas después, dejó ella caer el anillo. Era la mañana siguiente. La mañana que había seguido a la noche en que Jack hizo el primero de los dos anuncios: «Indisposición.» La mañana siguiente a la noche en que no había actuado: ¿con quién habría actuado? Pero después de la función se habían ido juntos, como ella sabía que ocurriría.

¿Y cómo había dormido el pobre Ronnie aquella noche, totalmente solo?

Sin embargo, lo que decía Jack no parecía desacertado en absoluto, parecía inteligente. Ella sabía que era verdad, lo sentía en su astuto corazoncito. El tiempo había cambiado, pero las tormentas se habían alejado y el mar, por el momento, estaba tranquilo y centelleante. «El saco de los trucos», eso es lo que había dicho. La rodeó con el brazo como si ya fuera totalmente suya y ella no hizo nada por apartarse.

Se había metido en la cama con Jack Robbins una noche de 1959 y la verdad era que no había salido de ella hasta hacía un año. Incluso aquella misma mañana había querido llevarle el calor de aquella cama. No se le ocurrió que pudiera hacer otra cosa. Había salido al jardín y una tornasolada telaraña le había tendido una emboscada. Su propio aliento despedía brillos y giraba como polvo de plata en el aire frío.

Hacía exactamente un año había despertado –de un sueño que nunca recordaría, aunque tal vez deseara volver continuamente a él– y había estirado el brazo. Jack estaba allí, naturalmente que estaba. Pero no estaba. Algo se lo había dicho en la yema de los dedos. Estaba allí, pero se había ido. No quería pensar en los segundos, en los momentos que habían seguido, y sin embargo todas las mañanas y todas las noches repetía este terrible acto de despertar.

Como si un año de despertares pudiera perdonarla ahora. Como si después de todo él pudiera estar realmente allí.

Cuando recogió las cenizas, titubeó y se hizo preguntas. Jack, siempre servicial, nunca había dicho nada ni dejado nada escrito. De todos modos, al principio había deseado experimentar aquel sentimiento conmovedor con que había vuelto con él a Albany Square. Pensaba en la posibilidad de guardar allí las cenizas en la urna común, en aquel dormitorio. Debajo de la cama. Mejor aún, ni siquiera debajo. Incluso pensó en la posibilidad de dormir con ellas. Y durante varias noches lo hizo. Las cosas que llegamos a hacer.

Menos de un año antes, una mañana de octubre,

141

había realizado el acto más sencillo, el más obvio, aunque de todos modos se armó de valor para realizarlo. Había salido al jardín, se detuvo al pie del manzano silvestre que Jack, con mucha ceremonia teatral, había plantado cuando era un simple esqueje, y esparció allí las cenizas. Lo hizo con menos ceremonia. No fue como los insoportables funerales que se eternizan. Allí estaba solo ella. Se limitó a poner la urna boca abajo. Fue sencillísimo, como echar un producto de jardinería. Si había que esparcirlas por alguna parte, que fuera un lugar cercano. El jardín, naturalmente.

Fue entonces cuando se le ocurrió, cuando dio una palmada al culo de la urna para que cayeran los últimos pegotes del fondo: en el mar, en el mar, desde el extremo del muelle de Brighton incluso. ¿Se debió a la repentina y malévola intervención del mismo Jack? ¿O a la de otra persona?

Entonces, ¿qué habría podido hacer ese día? Tenía un chófer al que podía llamar en cualquier momento, Vijay, el antiguo chófer de Jack, aunque era en realidad el chófer de la empresa. Habría podido decirle: «Vijay, me gustaría que me llevaras a Brighton.» Se habría instalado en el asiento posterior, sumida en un majestuoso silencio, mientras Vijay, comprensiblemente igual de silencioso, se habría limitado a conducir. Al llegar habría podido decirle: «Vijay, dame media hora y pasa a recogerme.» Ella habría recorrido a pie el muelle, donde evidentemente ya no habría ningún teatro, aunque la terraza seguiría allí, y también las barandillas. El anillo y luego las cenizas.

Se habría inclinado un rato para observar las olas e incluso habría murmurado unas palabras. Luego habría dado media vuelta y habría regresado a donde Vijay la estaba esperando. «Muy bien, llévame a casa, por favor.»

Pero en vez de hacer aquello se había quedado con la bata puesta, como una anciana chiflada, hablando al parecer con un árbol. El árbol la había mirado desde las alturas. Luego había entrado en la casa, tiritando, había vuelto a meterse en la cama y se había echado a llorar como una niña castigada.

Pero George había sido muy amable por acordarse, era un hombre considerado. ¿Y de qué otro modo habría pasado ella todo aquel día? Al cabo del rato había vuelto a levantarse, no ya cual niña sollozante sino como una mujer de setenta y cinco años, y se había preparado muy despacio para reunirse con George. Se había arreglado la cara. La blusa crema, la falda negra de tubo, la chaquetilla negra, las perlas. El pequeño bolso de mano. Había descendido a la planta baja. Eran las doce y media. Se sentía un poco mareada y extraña, como si no fuera del todo ella misma.

En cualquier caso, entonces llegó Vijay, tal como habían acordado.

—Buenas tardes, señora Robbins —había dicho.

En realidad era «Evie» o «Evie White» o «señora White», pero en aquellos casi cincuenta años había aprendido a aceptar sin alharacas el tratamiento que le daban con frecuencia. Y puede que aquel día fuese el tratamiento que le correspondía y que Vijay se lo hubiera dado (¿se había acordado?) con aquella intención. Ella había sonreído y confirmado el nombre del restaurante. Y veinte minutos después seguía al jefe de comedor hasta la habitual mesa del rincón; y allí estaba George, que se levantó de la silla en cuanto la vio.

—Princesa, estás tan encantadora como siempre.

¿No podía ella actuar?

«Princesa» ¿a los setenta y cinco años? ¿Solo porque Jack había sido siempre el príncipe o porque (y George había hecho bien en no olvidarlo) ella era la directora que controlaba Producciones Arcoíris?

Pero aquel no era uno de sus almuerzos de trabajo. En el bolsillo de la pechera de George se agitó una burbuja de seda con lunares cuando se sentaron. Al instante se sirvieron dos copas de champán.

—Brindemos por él —dijo George.

Más tarde, con el pescado del día —luego no recordaría qué pescado era, pero decididamente había pedido pescado—, habría más vasos, de borgoña blanco. George lo había probado, había apretado los labios y lo había aprobado como buen conocedor.

—Con muchas espinas pero de carne cremosa —había dicho.

Por un momento pensó que se refería a ella.

No era un almuerzo de trabajo, pero estaba pendiente el tema de la biografía, que George no parecía dispuesto a abandonar. Ella había dicho varios meses antes: «Ni loca, George. Dile a ese agente literario que es amigo tuyo que se vaya.» Pero quizá para no tener que afrontar el problema otra vez, o solo por el carácter

144

de aquel día, George se había puesto de humor biográfico.

–Cuéntame, Evie..., han pasado muchísimos años y yo sigo sin saber nada. ¿Cómo fue lo tuyo con Jack? ¿Cómo fue la primera vez que...?

¿No lo sabía? Cuánta inocencia. ¿Agente de Jack durante más de cuarenta años? Todos aquellos almuerzos con él. ¿No había acabado por enterarse de un modo u otro, o por conocer al menos la versión de Jack? ¿Y ahora iba ella a verse en una situación en que a lo mejor decía algo que la contradecía? Ni loca esto tampoco, George. ¿Creía él que porque hubiera pasado respetuosamente un año de viudez iba a estar disponible todo aquel material? No tardaría en decir él a continuación: «Y dime, Evie, ¿qué pasó, qué pasó realmente con el mago aquel? Ya ni recuerdo cómo se llamaba.»

Evie tomó un sorbo de vino. Se alegraba de que el sufrimiento y los llantos se hubieran acabado, pero aún podía volver a poner la excusa del duelo, si hacía falta. La vieja chiflada del jardín y la niña gimoteante se habían transformado en una princesa sentada en un restaurante de Mayfair y ahora iba a tener que representar su papel, para recompensar honorablemente la bondad de George con lo que podía ser un largo y provocativo almuerzo. Dada su finalidad, difícilmente podía ser rápido y fortuito. Y en cualquier caso, ella había aceptado con gusto aquel medio de pasar unas horas temibles.

Así que actuó lo mejor que pudo. Y después de varios vasos de borgoña ya no estaba segura de lo que había dicho o dejado de decir.

Había vuelto bajo el tenue sol de la tarde que declinaba. Vijay se había tocado la frente:

—Que pase una buena noche, señora Robbins.

Así pues, la casa había vuelto a enterrarla. Sin embargo, era el sitio donde, pese a todas las voces acalladas, menos podría estar enterrada. Y el vino había cumplido su función. Se sentó ante el tocador, preguntándose si quitarse el maquillaje y medio esperando ver en el espejo a Jack detrás de ella, con las manos tiernamente apoyadas en sus hombros.

«¿Agotada, querida? Eso es George para ti. Sé cómo te sientes. Si fuera tú, echaría una siesta.»

Pero no fue Jack lo que vio. Fue un vistazo demasiado breve para captar detalles, pero estaba con el traje de salir a escena, el último con que lo había visto, y habría reconocido aquellos ojos en cualquier parte.

El espectáculo debe continuar. ¿De verdad debe? ¿Quién lo dice? Cuando se permite decir que el espectáculo ha terminado, ¿ya no hay más espectáculo? Y en cualquier caso el espectáculo siempre fue lo que era, un desigual invento de verano que se representaba al final de un muelle. Jack había dicho que había tenido su época, que se iría con la marea que se movía debajo de ellos. La había rodeado con los brazos.

Y de todos modos debía terminar en septiembre. Incluso en agosto, en temporada alta, se presentía, el cambio del año, las tardes que duraban menos, el otoño que acechaba en el horizonte. En todas las vacaciones llega un triste momento en que te pones a pensar:

ya falta poco, luego habrá que volver al mundo real. Pero ¿has de preocuparte por eso cuando estás en el mundo del espectáculo? ¿No es la vida unas vacaciones infinitas? Cuando estás en el escenario, ¿no es todo pan comido, coser y cantar, un sueño? Al menos es lo que todos creen. Jack solía decir, riéndose, en las entrevistas: «Unas largas vacaciones.» Como si se creyera que allí no se trabajaba. Como si pudiera hacerlo cualquiera, subes allí y ya está.

Pero también se sabía lo que decía sobre su vida en el teatro, y por suerte no en las entrevistas: «Que le den por culo al mundo real. ¿Quién lo necesita?»

Podría creerse que fue Evie quien optó por vivir en el mundo real cuando renunció a las tablas, donde había retozado y se había deslumbrado como los mejores, para ser la esposa de Jack Robbins y, como está probado, algo más que eso. Qué apuesta tan elevada fue y qué gran equivocación habría podido ser. Pero fíjate qué bien le salió. Mírala ahora. Y todo cuando habría podido tener una brillante trayectoria teatral, por no hablar de contraer matrimonio con Ronnie Deane, que había llegado a ser el «Gran Pablo».

Pero ¿quién ha oído hablar del Gran Pablo actualmente? El mago aquel. ¿Qué fue de él? Y Jack nunca fue el Gran Jack, ni siquiera Sir Jack. Pero la vida es injusta, o tienes o no tienes tu momento, pero si el espectáculo debe tocar a su fin, entonces siempre queda el sano argumento del teatro: salvar lo mejor hasta el final.

Ronnie no había dicho nada. Se había limitado a mirar a Evie a los ojos. ¿Lo necesitaba un mago? Y comprendió que Evie comprendía que él había comprendido. Así pues, ¿qué había que decir o hacer? ¿Era el momento de confesar? ¿El momento de acusar? ¿O el momento de seguir adelante disimulando, piadosa o despiadadamente?

Había ido a ver a su madre y su madre estaba allí y no estaba. En las dos mascaradas seguidas a que había asistido había tenido la impresión de que el mundo le revelaba su falsedad elemental, como si las dos confrontaciones hubieran sido la misma.

Habría podido volver la tortilla. Habría podido desencantar el encantamiento. Habría podido atravesar realmente a Evie con las espadas, partirla en dos con el serrucho. O dejar que la idea de recurrir a una solución así convirtiera cada función en una ejecución en potencia. Ese grito... ¿habrá sido real?

Pero no. ¿Cómo habría podido hacerle a Evie una cosa así? Y hacía tiempo que deseaba prescindir de los chirimbolos aquellos de las espadas, el serrucho y las cajas. Solo eran juguetes. Eran cosas de niños. No eran verdadera magia.

En cualquier caso, iba a ser el momento –cuando todo se había ido a pique– en que su función ganaría altura y Ronnie Deane, conocido también como Pablo, pero ahora más que eso, adquiriría verdadera grandeza. Todo aquel verano, en cuestión de unas semanas.

¿Y qué habría podido pensar Eric Lawrence, que de un modo invisible pero crucial había hecho posible todo aquello? Puede que hubiera sonreído y que se hubiera sentido un poco pesaroso mientras sonreía. A él no lo habían conocido nunca como el Gran Lorenzo.

¿Y qué habría podido pensar su madre? Pregunta idiota donde las haya. «¡Ronnie, has venido a ver a tu madre muerta y de pronto te vas y te llamas el Gran Pablo!»

¿Y Evie? Todavía «Eve» y nada más, únicamente «Eve». ¿No era eso una especie de degradación, un castigo? No. ¿No tendría siempre «Eve», «Eva», su inmaculada resonancia? La primera mujer. ¿Y necesitaba el mundo que le dijeran, que le confirmaran, que ella sería siempre para él la gran Eve, la maravillosa Eve? Y, aunque solo durante una breve temporada, *su* Eve.

–Y ahora, amigos, quiero que conozcáis a un amigo mío. Antes le llamaba Pablo, pero ahora voy a tener que llamarle el Gran Pablo. Habéis oído bien, amigos, lo he dicho muy en serio y pronto entenderéis por qué. ¡Quiero que recibáis al Gran Pablo con un fuerte aplauso! Y quiero que recibáis también con los brazos abiertos, y qué más quisiera algún listillo que poder abrazarla, a la única y exclusiva ayudante del Gran Pablo, ¡la incomparable, la exquisita, la deliciosa, la embriagadora *Eve!*

Llegaría el momento. Habría una pausa, un silencio, una expectación. Hasta el público lo sabría. «¡Vengan y vean con sus propios ojos!» Todo lo demás había sido un preámbulo. Era la famosa apoteosis.

¿Cuántas veces, piensa Evie ahora, representaron aquello durante el último mes? No más de treinta. Pero fueron suficientes para que se convirtiera en leyenda, para que fuese la comidilla del lugar y se mencionara incluso en las carteleras. Y cada vez —ella podía dar fe— era más asombroso y (literalmente) más brillante que la anterior.

¿Y cómo se hacía? Nunca lo diría, naturalmente que no. Y por un motivo muy sencillo. Ella se limitaba a participar, únicamente «ayudaba». Hacía solo lo que él le decía que hiciera. ¿Y lo haría ahora como entonces? ¿Qué quieres que te diga? Tenía las piernas, las famosas piernas, pero ya no eran piernas con las que aguantar de pie.

Ronnie ordenaba que atenuaran las luces. Era el Gran Pablo, de modo que podía dar aquellas órdenes. Solo atenuarlas y solo unos momentos. Las ilusiones, solía decir, debían hacerse a plena luz, de lo contrario la gente podía sospechar que no eran más que artimañas.

La atenuación era solo una señal, un aviso. Se oían murmullos por todas partes. Entonces, en el foso de la orquesta, el batería (se llamaba Arthur Higgs) daba comienzo a sus propios ritmos susurrantes. Ocasionalmente se veía algún destello en los platillos. Las luces adquirían la intensidad de antes. El público vería únicamente lo que vería.

Ronnie salía de entre bastidores con la pequeña mesa redonda y la dejaba en el centro del escenario, Eve llevaba el vaso de agua y —con la elevación de rodilla y el revoloteo de plumas habituales— lo dejaba en la mesa. Acto seguido —pirueta— se apartaba a un lado. Su papel era ahora muy sencillo y los espectadores podían ahora mirarlo a él o mirarla a ella, era una cuestión optativa, aunque momentos después no miraban a ninguno de los dos, sino que tenían los ojos fijos en algo que podría decirse que trascendía a los artistas y también la situación, incluso habría podido decirse que también trascendía a todo el público.

Ronnie cogía el vaso y daba un sorbo, para dar a entender que era solo eso, un sencillo vaso con agua. Lo dejaba en la mesa. Del bolsillo de la pechera sacaba su gran pañuelo blanco y resplandeciente. Nada del otro mundo hasta el momento. Lanzaba al público una de sus conocidas miradas. Los espectadores pensaban: pues qué bien..., ¿nada del otro mundo? Entonces tapaba el vaso con el pañuelo y veías que se movía, que daba vueltas sobre sí mismo. Era porque el vaso se había transformado en una paloma blanca.

Tampoco nada del otro mundo (pero prueba a hacerlo tú, valiente).

Apartaba el pañuelo, cogía la paloma, la sostenía en los dedos y la lanzaba al aire para que sobrevolase al público. Y se iba. No se quedaba allí. ¿Cómo? ¿La había visto alguien antes de aquello?

Pero esto no era nada.

Cogía el pañuelo blanco por las puntas y lo pasaba por delante de la mesa (con unos movimientos tan estilizados que Eve pensaba en un torero) y de pronto allí estaba otra vez el vaso. Lo cogía, bebía, esta vez toda el agua, y lo dejaba en la mesa.

Entonces daba la impresión de que dentro de la boca del mago había algo que se movía y trataba de salir. Se sacaba algo. Algo blanco. ¿La paloma blanca?

151

Seguramente no. ¿El pañuelo blanco? No, estaba otra vez en su bolsillo. Era el extremo de un cordón blanco, un cordón delgado, pero solo la punta. Sacó un poco más. Luego otro poco. En ese momento Evie dejaba de mirar, se acercaba —no sin detenerse a doblar una rodilla y sacudir las plumas–, asía el extremo del cordón y seguía tirando.

Aunque más que tirar, retrocedía por el escenario —deteniéndose de vez en cuando para contonearse y sonreír, como si supiera algo que el público desconocía—, sujetando el extremo del cordón, que seguía saliendo sin parar de la boca de Ronnie, mientras Ronnie retrocedía igualmente hacia un lado del escenario, como para dejar sitio a aquella larga y blanca lengua de seda.

Evie habría podido decirle, mientras ensayaban —aunque «ensayar» no era la palabra exacta para describir lo que hacían por entonces–: «Joder, Ronnie, ¿cómo es que te cabe tanta cuerda en la boca?» Pero ¿se atrevía a hacer entonces unas preguntas tan tontas?

Lo extraño era que el cordón no estaba húmedo ni pegajoso, era un cordón delgado de seda suave, blanco (*white*) como el apellido de Evie. Esta recordaba su aspecto y su tacto incluso medio siglo después, sentada ante el tocador, quitándose el collar de perlas y deján-dolo resbalar entre los dedos. Y lo extraño era que se parecía a muchas otras cosas que aparecían por enton-ces en el número del mago. Ella no veía nunca dónde habían estado antes, dónde se guardaban. Sencillamen-te aparecían. Como la paloma blanca. ¿O había habido más de una? ¿Había una distinta cada noche?

Pero la paloma blanca no era nada.

De todos modos, Ronnie, con la boca llena de cordón, a duras penas habría podido responder a la pregunta de la mujer. Se limitaba a indicarle con los ojos que siguiera tirando y retrocediendo. En cualquier caso, era lo que le decía antes de empezar los ensayos. «Lo único que tienes que hacer es tirar y alejarte.» Más que una instrucción, parecía la extraña constatación de un hecho, así que cuando ella se ponía a tirar y el cordón salía, tenía la curiosa e incómoda sensación de estar extrayéndole las entrañas, de extraerle la vida, y de que él dejaba que lo hiciera.

Bueno, también ella había dejado que él la partiera por la mitad.

Lo único que tienes que hacer, Evie, es tirar y alejarte. Y todas las noches se limitaba a tirar y seguir tirando.

En el foso, conforme salía el cordón, el batería había empezado otra vez con su creciente susurro, la agitación repiqueteante del «esperen y verán». Ronnie estaba ya en el otro extremo del escenario y el cordón abarcaba toda su anchura; entonces el mago se sacaba de la boca un extremo (o sea que el cordón era finito) y lo sujetaba. Pero en aquel momento ocurría algo extraño. Cada uno tenía una punta del cordón y lo balanceaban lateralmente, y luego empezaban a darle vueltas cada vez más rápidas, como si fueran a invitar a todo el mundo a saltar a la comba. Y el batería había aumentado igualmente su ritmo y su volumen. Y de pronto...

De pronto el cordón desaparecía, ya no estaba allí, pero entre ellos, trazando una curva suave, había un arcoíris. Un arcoíris, aquello no podía llamarse de otro modo. De lado a lado del escenario: un arcoíris. El batería se había detenido, como si se hubiera quedado atónito. En el teatro se palpaba el silencio, se oía el sonido del asombro. Y entonces, del fondo del escenario, llegaba... ¿era lo que parecía? Sí, lo era: la paloma blanca, que pasaba volando por debajo del arcoíris y se posaba en el borde del vaso, con aspecto de estar un poco mareada y como si necesitara echar un trago. Entonces se oía un redoble estruendoso (Ronnie debía de haber hablado previamente con Arthur, seguramente le pagó un par de cervezas) y todo se volvía negro. Se acababa el arcoíris. Fin del número.

Salvo para los saludos de rigor, cuando las luces volvían a encenderse: Ronnie se quedaba inmóvil y se limitaba a inclinar solemnemente la cabeza, pero ella no dejaba de dar tijeretazos con las rodillas ni de levantar los brazos enguantados de blanco, y por lo general saltaba y hacía cabriolas alrededor de él, e incitaba al público a aplaudir, como si Ronnie fuera el Mago de Oz.

Y quizá lo fuera.

¿Había habido alguna vez aplausos como aquellos –todos habían visto un arcoíris– y hubo alguna vez un inicio más prometedor para llevar una vida de magia?

El primero en las carteleras. Y durante aquellas dos o tres últimas semanas las carteleras dijeron realmente: «¡Pasen y vean el famoso truco del arcoíris!» Ronnie no puso objeciones a la palabra «truco». Era la palabra corriente. Es más, ¿tenía en el fondo algo de lo que quejarse?

Y que nadie se lo preguntara a ella, que nadie se lo preguntase a Evie White. Como si alguien, aparte de

154

Ronnie, hubiera sabido algo. Incluso Jack había dicho: «Seguro que tú sabes algo. Un puto arcoíris de parte a parte del escenario. ¿Cómo coño lo hace?» Pero ella había negado con la cabeza, incluso es posible que pareciera un poco furtiva y acorralada, como si la estuvieran obligando a cometer una especie de traición. ¿Traición? ¿Qué traición? Y quizá los dos habían dado la sensación de ser un poco injustos, de estar en tensión y avergonzados. Vencidos, eclipsados por un arcoíris.

Pero ni siquiera era el mejor truco de la serie. Este aún estaba por llegar.

—Y dime, Evie... —había empezado George.

Cualquiera puede decir que no sabe, que desconoce o que se ha olvidado después de cincuenta años. No es que George, hablando en puridad, la estuviera interrogando. O era un interrogador ladino y discreto que siempre había tenido, según sospechaba Evie, cierta debilidad por ella. Sirvió más vino.

—Todos tus secretos están a salvo conmigo, eso lo sabes.

Una afirmación tranquilizadora donde las hubiera, viniendo del «astuto» agente de Jack. ¿De veras lo *sabía*? ¿Y *todos*? Evie empezaba a darse cuenta de que aquel almuerzo iba a necesitar una solución de compromiso.

¿Cuántos años tenía George? ¿Sesenta y ocho? ¿Sesenta y nueve? ¿Cierta debilidad? ¡Venga ya! Solo trataba de ablandarla. Con muchas espinas pero de carne cremosa. Seguramente no pensaba eso porque su año de luto hubiera pasado ya...

Pero de pronto todo se volvía un poco como aquel período desconcertante y traicionero de mucho tiempo atrás, cuando ella estaba con Ronnie, pero no con él, pero sí leal. Cuando estuvo con Jack, pero no con él, aunque estaría con él –aunque ella no lo sabía– durante casi todo el medio siglo siguiente. ¿Cómo solucionar el asunto?

Pero el asunto se solucionó, para todos. Ronnie lo solucionó.

Secretos. ¿Quién no los tiene? ¿Y están siempre a salvo? ¿Incluso con nosotros?

«La vida y la época de Jack Robbins.» No, si ella podía impedirlo no. Antes muerta, George. Aunque ¿qué había que ocultar? La historia de una trayectoria de éxitos profesionales y un matrimonio satisfactorio, ¿tan aburrido era eso?

–¿Y qué te parece –habría podido decir a George (una astuta pero arriesgada maniobra de distracción)– «La vida y la época de Ronnie Deane»?

–¿De quién, Evie?

–Ya sabes..., el mago aquel. También conocido como el Gran Pablo. ¿No te suena? ¿No te habló Jack de él? –Mirando a George por encima del borde del vaso.

O bien, piensa en ese preciso instante, mirándose en el espejo, «La vida y la muerte de Ronnie Deane». Si muerte era la palabra. ¿No acababa de verlo en aquel mismo espejo? Si «muerte» era la palabra justa. «Ido», «desaparecido», «ya no entre nosotros» eran expresiones preferibles, como sabía ahora. Preferibles, aunque más dolorosas.

¿Y qué tal –su mente corría como si hubiera podido proponerle a George escribir el libro ella misma y empezarlo inmediatamente– *Una temporada en Brighton?* Pero no, conocía un título mejor. Un título misterioso, pero mejor, el mejor. ¿Cómo se llamaba, George, aquel agente literario que era amigo tuyo? El agente literario aquel. ¿No le gustaría una sabrosa historia de misterio? Titulada *Evergrene.*

Pensó en aquel hilo inconcebible, estirado entre los arbustos del jardín, tan delgado que era casi como si no estuviera allí, y que sin embargo resistió y durante unos instantes contuvo su atolondrado cuerpo. Pensó en aquel cordón blanco, estirado entre los dos extremos del escenario.

¿Cuánto había contado Ronnie a Jack? Fuera lo que fuese, se había ido con Jack hacía un año. Ella era ahora la única y auténtica guardiana de la vida y la época de Ronnie Deane. La desde siempre mejor preparada para contar la historia. O para guardarla para sí.

¿Cuánto habían hablado de Ronnie ella y Jack? No mucho. Un silencio compartido sobre él, un desconcertante silencio culpable a modo de homenaje que era casi uno de los aglutinantes –los secretos, como decían ellos– de su matrimonio. Al fin y al cabo, ¿cómo podían saber realmente que él no estaba todavía *allí?* Nunca le había contado a Jack lo que había hecho con el anillo. Aunque había tenido que darse cuenta de que había desaparecido. No preguntó. Es posible que hiciera conjeturas. Ella no se lo había devuelto a Ronnie. Ronnie no había pedido que se lo devolvieran. La verdad es que ella lo llevó durante las últimas funciones –durante la última función– como si fuera una parte vital del número que interpretaban. Un último retazo de pura magia. Pero después de todo lo que ocurrió, lo arrojó al agua. ¿Qué más? Lloró al arrojarlo. Fin de la historia. Y sin embargo se había sentido dominada, incluso en el momento de arrojarlo, por una idea desquiciada, una antigua y bonita creencia que había leído en alguna parte: que si arrojas algo valioso al mar, este acabará devolviéndote algo.

Lo había dicho al viento, como si él estuviera por allí, en alguna parte: «Ronnie.»

Y ahora se lo dice al espejo: «Ronnie.»

Y Jack nunca supo, a no ser que fuera una especie de ladrón en su propia casa, que ella había conservado aquel vestido corto de lentejuelas y plumas. No era difícil guardarlo y esconderlo cuando se separaban sus partes, cuando se arrancaban las plumas de donde estaban insertas. En realidad no eran muchas. Y también la diadema, con su propia pluma blanca. Y los largos guantes blancos. Todo estaba doblado y guardado, cuidadosamente envuelto en papel de seda, encerrado bajo llave y seguro.

Ahora se encontraba en el cajón inferior de la derecha del tocador ante el que estaba sentada. Durante todos aquellos años (suponía) Jack no había sabido que aún conservaba el vestido. Aunque en ciertas ocasiones, hacía ya muchos años, se había colado furtivamente en la sala de butacas, solo para verla con él.

Pero tampoco ella le había puesto los ojos encima

durante aquellos cincuenta años. Entonces, ¿por qué lo había conservado y por qué no le había contado a Jack que aún lo tenía? ¿Por qué guardar un secreto que es también casi un secreto para nosotros mismos? A veces había pensado que si algún día abría el cajón, a lo mejor descubría que había desaparecido.

Pero lo había sacado varias veces desde la muerte de Jack. En cierto modo era un consuelo, una necesidad. Lo había extendido en la cama, le había pasado la mano por encima, había peinado las plumas de avestruz y había vuelto a encajarlas en los ojales. ¿Y había...? ¿Alguna vez había...?

Bueno, eso habría sido revelador. Y en cualquier caso, absurdo.

Era el vestido original, el que había llevado para complacer a Ronnie en el Teatro Belmont. Cuando, gracias a Jack, les dieron el espacio en la temporada de Brighton, había adquirido otro casi idéntico, así que aquel verano siempre había tenido a punto el de repuesto. Y había conservado el original todos aquellos años, y nunca se lo había dicho a Jack. Aunque Jack tuvo que verla con un vestido o con el otro... ¿cuántas veces?

Y nunca le había contado a Jack otra cosa, aunque le había dado muchas vueltas. Era mucho más serio que un vestido hecho con cuatro trapos que yacía envuelto en papel de seda.

Era febrero de 1960. Se habían casado en el Registro Civil de Camden y habían vuelto a Londres. Lo de

159

Brighton –la «investigación»– se había acabado ya, aunque, hablando con propiedad, ¿se olvidaría del todo alguna vez? Cualquier día podía haber novedades.

Pero ahora era la señora Robbins, aunque ella prefería que la conocieran simplemente como Evie White. Y Jack era Jack Robbins, que no era lo mismo que ser Jack Robinson. Nunca volvería a ser aquella figura fantasma. Si Ronnie había salido de sus vidas, lo mismo ocurriría con Jack Robinson. ¿Dónde estaba? ¿Quién era? ¿Adónde había ido?

Esa, piensa Evie ahora, podría ser otra historia, otro librito picante. *La vida y la época de Jack Robinson.* Mejor contada, naturalmente, por el propio Jack, ¿o por una colección de chicas? Cada una con un capítulo propio. O no, pues bastaría un párrafo. Y todas con el mismo nombre.

Era 1960. Jack había estado en lo cierto, todo se había ido con la marea, ¿y quién querría ya aquellas cosas cuando podían verlas en una caja situada en el rincón de la sala de estar? Sin embargo, durante un breve tiempo, los años sesenta se parecieron mucho a los cincuenta. ¿Qué tenía aquella caja para competir? *Sunday Night at the London Palladium,* siempre con un presentador que se convertía en el amigo íntimo del país, siempre con algún mago, siempre con una troupe de chicas sonrientes que sacudían las piernas; y bueno, parecía que aquello no iba a acabarse nunca. ¿Dónde estaba ahora aquel barco que pudieron haber perdido?

–Jack, ¿te habló Ronnie alguna vez de un lugar llamado Evergrene?

Ya estaba. Ya lo había dicho.

—¿Evergrene? No, Evie. ¿Dónde coño está Evergrene?

—Es una casa. El nombre de una casa. Lo enviaron allí durante la guerra.

—No, nunca le oí decir nada sobre Evergrene.

—¿Y sobre los Lawrence? ¿Eric y Penny? Vivían allí.

—Ah. ¿Te refieres al aprendiz de brujo? ¿Al Hechicero? Así lo llamaba él, ¿sabes? Lo digo en serio. No sabía que se llamara Eric. Pero creo que seguían en contacto. Y creo que iba a verlo en secreto.

—Eric Lawrence murió hace casi dos años.

—Ah. No lo sabía.

—Pero me he hecho preguntas.

—¿Qué preguntas?

—¿Adónde crees que se fue Ronnie? ¿Crees que podría estar allí?

—¿Dónde?

—En Evergrene.

Jack nunca hizo averiguaciones en este sentido. ¿Por qué iba a hacerlo? Tenía razones propias para olvidar a su viejo amigo Ronnie Deane. Y no hablemos de querer averiguar si aún estaba vivo. Ahora eran Jack y Evie. Incluso la había mirado con ojos extrañamente escrutadores. ¿Durante cuánto tiempo iba a seguir ella con aquel absurdo?

También ella tenía razones propias para no averiguar nada. Pero ¿tan loca era su loca teoría (¿esperanza?)? No había ido con Ronnie a ver a su madre. Ya no era ningún secreto cuál había sido la consecuencia. Pero supongamos que hubiera ido con él.

En este momento, pero en un lugar que no sería Albany Square, podría estar custodiando, conservando sin una mota de polvo en su vitrina la trayectoria profesional del Gran Pablo. Aunque quizá habría prescindido de este ridículo nombre. Y con el tiempo habría prescindido igualmente, incluso por sensata sugerencia de ella, de su deslumbrante compañera de escena, Eve. Aunque no de la compañera de su vida, incluso administradora de su vida. Habría podido tener su programa de magia en televisión. Pero en cualquier caso habría hecho cosas asombrosas que habrían dejado a la gente boquiabierta, y mantenido la tradición de la magia, de que existía la magia en el mundo.

Pero no había ido con él y el resultado había sido el que había sido.

Y otro resultado fue que tampoco había llegado a conocer a la otra «madre» de Ronnie, como el mismo Ronnie parecía considerarla: la señora Lawrence, Penny Lawrence.

Debería ir allí personalmente. Había titubeado y dudado. Pero ¿no era una especie de deber? ¿Y si su intuición era acertada? Debería ir para ver a aquella mujer y compensar en cierto modo sus propios deslices y omisiones. Aquella mujer que era la viuda del hombre –el Hechicero– que había enseñado magia a Ronnie e incluso lo había capacitado (mediante algo tan poco mágico como un legado en su testamento) para encontrar a su «Eve».

Debería rendir homenaje al alma de aquel hombre. Y debería hablar con la señora Lawrence, incluso preguntarle –aunque ¿sería también necesario preguntárselo?– dónde estaba Ronnie en aquellos momentos.

Pero llegó demasiado tarde.

162

Entre los objetos heredados por Ronnie a la muerte de Eric Lawrence y, en consecuencia, entre los objetos legados por Ronnie había unas cartas de unos procuradores. No le costó mucho telefonear al bufete de Oxford fingiendo ser una pariente lejana.

–Lamento decirle que la señora Lawrence no está ya entre los vivos. Falleció el año pasado. Sí, es verdad, fue poco después de que muriera el señor Lawrence.

¿Y la casa?

–¿Evergrene? Ah, sí. Está en el mercado actualmente. La puso a la venta no hace mucho el hermano de la señora Lawrence, que vive en Canadá.

Evie había titubeado una vez más. ¿Canadá? ¿Debía terminar allí la pesquisa? Pero un día que Jack estaba demasiado ocupado con los ensayos, aprovechó la oportunidad. Un tren que salía de Paddington.

El agente inmobiliario había dicho que podía llevarla, no estaba lejos. Había pasado alrededor de una hora en compañía de un joven atentísimo, evidentemente complacido de alejarse de la oficina para enseñarle lo que calificó de casa «señorial». Habría podido preguntarse por qué estaba tan interesada por aquella propiedad concreta y, basándose en la edad de la mujer y en su posible saldo bancario, tener sus dudas. Pero ¿acaso ella no sabía actuar? Y en cualquier caso llevaba en el dedo un anillo de boda (qué accesorio tan pequeño y tan útil).

Sigue estando en su dedo, incrustado entre las arrugas. ¿Cuántas veces lo habrá tocado hoy?

No era tan señorial, ni siquiera desde su modesto punto de vista. Fue extraña y tristemente decepcionante. ¿Por qué había ido allí? ¿Para destruir la imagen que ya no podía tener en la cabeza? Era solo una casa eduardiana que se alzaba en el extremo de un pueblo de aspecto caótico. Al parecer había habido allí muchas construcciones durante la posguerra y se había convertido casi en un arrabal de Oxford. El viaje en coche no fue largo. La casa no estaba en las entrañas del campo ni magníficamente aislada. Era una casa tirando a grande, con jardines delante y detrás, pero sin personalidad y en clara decadencia. Allí no había nada que sugiriese la mansión llena de maravillas que Ronnie había evocado cada vez que Evie lo convencía, a veces con mucho esfuerzo, para que hablara de ella.

Quizá hiciera falta retroceder más de veinte años y ponerse en el lugar de un niño de ocho años de Bethnal Green. Pero ¿cómo se hacía eso?

Corría el mes de marzo, moría el invierno y el sitio parecía incluso un poco lúgubre. Se habría dicho inmediatamente que no poseía ninguna magia. Se había vaciado por completo y las habitaciones tenían un aspecto soso y una cualidad resonante. La madera del suelo crujía. No necesitó hacer un recorrido especial por el embarrado y abandonado jardín trasero. Lo vio claramente desde una ventana del piso de arriba. Un pequeño invernadero y un cajón vivero, los dos con cristales rotos. Al lado de la casa había una ruinosa construcción de madera que a duras penas merecía llamarse «garaje».

Todo el rato tuvo que hacer comedia con el apremiante joven. ¿En qué trabajaba su marido? Era difícil quitárselo de encima, encontrar un momento de meditación, pero hizo lo que pudo. Ninguna casa habría podido parecer más melancólicamente vacía, pero lo dijo, y lo dijo, inevitablemente, dentro de su cabeza: «¿Ronnie? ¿Sigues aquí?»

Al dar la espalda al joven, para mirar por la ventana, había sentido una punzada y los ojos se le llenaron de lágrimas. Evie White. Eva la Blanca. ¿Desde cuándo había merecido aquel nombre impoluto? Pero siempre podía alegar, al menos para sí misma, que había estado allí. Que lo había hecho. ¿Qué más podía hacer? Y sí, grabado en el arco de piedra que coronaba el porche delantero, entre otras tallas decorativas —hojas de roble, flores, volutas—, estaba el nombre que en otra época y por razones desconocidas se había elegido con orgullo y cincelado con claridad, aunque ahora estaba borroso y erosionado por un moho verde oscuro: EVERGRENE.

Nunca le dijo a Jack que había ido allí. Fue otro secreto de medio siglo. ¿Seguiría en pie? ¿Y quién viviría entre sus paredes?

El número 18 de Albany Square seguía en pie: más o menos, según se le ocurrió de pronto. ¿Y quién vivía entre sus paredes? Mientras se miraba en el espejo le pareció de repente una pregunta que podía hacerse igualmente.

Penny Lawrence, tras servir la taza de té y el vaso de cerveza de jengibre, se esfumó rápidamente. Sabía ya cuándo retirarse y cuándo aparecer. Era tan hábil en eso como los conejos, aunque cómo sabían estos lo que debían hacer, cuándo estar allí o no estar, escapaba a sus entendederas. Estaban a punto de aparecer otra vez, de eso estaba segura la mujer. Eric había adoptado la expresión que lo indicaba.

Había dejado las dos bebidas y, según su costumbre, había dicho, aunque quizá de un modo particularmente animado: «¡Bueno, aquí estamos!»

Una vez, años antes, cuando los dos hacían aquello que se llamaba «pelar la pava», él le había pedido un atardecer de verano que fuera a ver el huerto que tenía su padre en Cowley. El padre estaba por ahí, jugando al críquet. Él había dicho que a lo mejor había judías verdes sobrantes que ella podía llevar a su madre. No era un dechado de romanticismo aquella invitación, pero en el huerto había un cobertizo y ella había pensado: «Sí, sí.» Pero, al menos al principio, él no había hecho nada más atrevido que sacar dos sillas plegables de madera, como las que se ven en los salones parroquiales.

Era un atardecer muy bonito, había golondrinas volando y era como si estuvieran sentados a la puerta de su propia casita. Ella tenía diecinueve años. Era 1916. Tenían suerte, la guerra se había olvidado de los dos. El padre de él era director de la fábrica Morris y lógicamente había encontrado al hijo un empleo en las oficinas cuando se había dedicado sobre todo a la fabricación de armamento. Aquello seguramente lo salvó.

Eric Lawrence era por entonces tenedor de libros, conocía bien la contabilidad por partida doble y el coste de las bombas de mano, pero decía que cuando terminara la guerra quería hacer algo diferente con su vida. Muy diferente. Entonces dijo:

–Mira detrás de ti, Penny.

¡La madre que...! ¿Y cómo diantres...?

Luego dijo:

–Vuelve a mirar.

Más tarde dijo que aquel era su «cobertizo mágico». En más de un sentido. Aquel atardecer ella tuvo la fuerte impresión de que Eric y su padre tenían ciertamente perspectivas muy diferentes. Aunque el padre de Eric seguramente le había salvado la vida a Eric. Menos mal.

Y ahora estaba a punto de gastarle la misma broma a Ronnie. Sintió un incomprensible ataque de celos, pero estaban mezclados con una emoción secreta, incluso con un repentino brote de felicidad. Era el momento. Su pequeño Ronnie (¿el Ronnie de ellos?) estaba a punto de ser iniciado.

¿Gastar la broma? No, hacer el truco. Y ni siquiera un truco. La palabra de Eric era «ilusión».

Y precisamente aquello. Puede que otros jóvenes pusieran en escena otros espectáculos, recurrieran a otros expedientes (algunos jóvenes incluso conducían coches, el padre de Eric, como es natural, conducía un Morris «Bullnose») para cortejar a una muchacha. O bien se limitaran a insistir. Pero Eric la había llevado un atardecer de junio a un huerto, con la promesa de regalarle un talego de judías verdes. Y había funcionado. El truco había surtido efecto.

Más tarde ella había tenido la extraña idea de que

167

si él sabía hacer aquellas cosas, ¿por qué no la había sometido con su magia desde el principio? ¿Por qué las judías verdes? ¿Por qué los conejos? Pero es que es posible que lo hubiera hecho. ¿Cómo sabía que la vida entera que había pasado con Eric no era resultado de alguna clase de hipnosis?

¿Y «su Ronnie»? ¿Por qué no podía Eric haber encontrado alguna magia, mucho antes, para solucionar aquel pequeño problema? Aunque la verdad es que el pequeño problema era más bien de ella. El caso es que veintitantos años después, y más valía tarde que nunca, tenían a Ronnie.

Eric, cierto día, se había convertido en Lorenzo (era el colmo) y ahora Eric, o Lorenzo, casi había interrumpido su trabajo escénico por culpa de la guerra. No hacían falta magos en las guerras. Podría pensarse que se necesitaban más que nunca. Pero era evidente que Eric no lo había interrumpido del todo. Los magos no dejan de trabajar, no se jubilan, ni siquiera se toman un descanso. Era una actividad vitalicia. Y ella había comprendido hacía mucho que nada era sorprendente. Nada.

Se había presentado voluntario para vigilar los ataques aéreos nocturnos, para aportar su granito de arena. Los magos también pueden ser vigilantes de los ataques aéreos. Y corría ya el rumor (que resultó no ser tan tonto) de que los alemanes nunca tocarían Oxford, ni siquiera estando tan cerca la fábrica de Cowley.

Cada dos noches salía después de oscurecido con su casco y su silbato; ¿y su varita?

Ella fantaseaba a veces con escribir un libro: *Me casé con un mago*. Podría ser interesante para algunas personas, podría arrojar cierta luz. Pero como es lógico nunca escribiría un libro así, porque supondría revelar y nunca había que revelar nada. Estaba prohibido. Su papel en todo aquello, incluso el papel que tuvo con lo de los conejos y el cajón vivero, nunca se lo sonsacarían. Aunque algo que sí podía decir –que no era lo mismo que revelar– era que todo podía llegar a ser muy agotador. ¿Y la vida normal?

Pero también podía ser excitante. Podía ser incluso maravilloso.

Vio hablar a Eric. Vio a Ronnie volver la oscura cabeza. ¡Ya está! ¡Allá vamos! Su corazón corrió hacia él, incluso más que de costumbre. Sabía que el chico tenía una madre de verdad, se llamaba Agnes, pero no estaba allí para ver o para saber, ¿verdad?

¿Y la vida normal? ¿Qué era eso? Allí estaban en otra guerra, la segunda que vivían. Tenía lugar en aquel preciso momento, aunque, al ver la escena que se desarrollaba ante sus ojos, nunca se sabía. Y sin embargo era la razón de tener allí con ellos al joven huésped (no le gustaba pensar en ello): si no fuese por una guerra...

Tenía en Canadá un hermano mayor, Roy, que se había abierto camino solo y nunca dejaba de recordárselo a ella, y tenía dos hijos, uno a punto de cumplir ya dieciocho años. Bueno, Canadá también estaba en guerra. Y el padre del pequeño Ronnie, por lo visto, estaba por ahí en un barco, no se sabía dónde (tampoco le gustaba pensar en esto), transportando víveres, muy posiblemente de Canadá.

Roy había dicho siempre en son de burla que si se

había casado con un mago, podría tener todo lo que le apeteciera, ¿no? No tenía más que mencionarlo. Pero a los veintiún años había tenido un peligroso aborto que había acabado con sus posibilidades de tener hijos y ninguna magia había podido solucionar aquello. Aunque ¿no debería alegrarse ahora de no tener un par de chicos a punto de cumplir dieciocho años?

Al parecer, no había magia para ciertas cosas. No podía detener las guerras, y aunque era una idea egoísta, incluso malvada, no podía sino alegrarse de que hubiera aquella en aquellos momentos. Sacar conejos blancos de la nada era algo, desde luego, pero nada en comparación con aquel pequeño Ronnie Deane que había aparecido cuando ya declinaba el día.

Así pues, que siguieran combatiendo, ese era su deseo secreto. Y en cualquier caso, ¿qué guerra era aquella? Ella no veía ninguna. La madre de Ronnie había enviado al chico al mejor lugar posible, muy bien, aunque ella no lo sabía y todo había sido cuestión de suerte. Desde el punto de vista de Penny Lawrence, lo había enviado al mejor lugar posible.

Vio que la pequeña cabeza se volvía otra vez y supo que los ojos del chico se habrían dilatado de asombro. Además, tenía unos preciosos ojos oscuros, de los que derretían el corazón.

Había empezado siendo el «Truco del Arcoíris», incluso el «Famoso Truco del Arcoíris», y solo Dios sabía cómo se efectuaba. Pero no era, a pesar de todo, el mejor truco del lote. Este se reservaba para la última noche, la última función de la temporada, la del sábado 12 de septiembre.

Ronnie había dicho antes de proseguir: «Es la última noche, Evie, dale un poco más de ritmo.» Sus ojos nunca la habían mirado –a ella o a través de ella– con tanta intensidad. Y, en efecto, habían sacudido el cordón con más brío. La joven sentía a través del cordón que Ronnie, en el otro extremo, exigía, insistía. ¡Más rápido, más rápido! Y cuando apareció –siempre había exclamaciones ahogadas cuando aparecía–, el arcoíris había brillado más que nunca, incluso los colores se veían con más claridad y viveza, y había permanecido visible más tiempo antes de desaparecer. En este sentido siempre era como un arcoíris de verdad, aparecía de súbito y se desvanecía igual de repentinamente.

Pero aquella noche, y solo aquella noche, hubo algo distinto, o algo totalmente nuevo. A menos que todo fuera fruto de la imaginación. Aunque ¿cómo pudo haberse imaginado, si todos los espectadores estuvieron de acuerdo en que lo habían visto claramente?

Pero Ronnie no la había avisado de antemano, no le había dicho nada.

No fue una paloma blanca que pasara volando por debajo del arcoíris y se posara en el vaso vacío. Fue algo que al principio pareció como un fragmento desgajado del arcoíris. Tenía plumas de todos los colores, azules, rojas, amarillas, pero sobre todo verdes, de un verde vivísimo y fulgurante.

Era un loro.

Estrépito de tambores, oscuridad. Más exclamaciones ahogadas. Incluso gritos. Y las luces volvían a encenderse, para el saludo de los artistas, el saludo final. Un aplauso atronador y los dos esta vez con cara de estar un poco mareados y atónitos, como asombrados de sí mismos. Y un detalle añadido, un giro o misterio añadido. Posado en la mano izquierda de Ronnie, en sus nudillos, incluso mientras saludaba, estaba el loro.

O sea que lo habían visto realmente. Igual que habían visto el arcoíris. Con la otra mano Ronnie sujetaba la de ella, al tradicional y caballeresco estilo de los saludos teatrales, pero entonces, mientras el aplauso continuaba, se inclinó hacia ella, le levantó la muñeca y se la besó. Ah, Ronnie sabía danzar, todo el número era una danza. El loro, que no se había visto hasta la fecha, seguía posado en su otra mano. Soltó entonces la de la muchacha, acunó el loro entre las palmas y lo lanzó hacia el público como un ramillete que los espectadores debían atrapar. Pero ya no estaba allí. Había desaparecido.

Igual que Ronnie.

¿Cuándo ocurrió? ¿Cómo ocurrió? Fue su último saludo, aunque aún faltaba el número de despedida de Jack. Pero ¿cómo se podía rematar una cosa así?

Era la última función y no podía concluir sin el definitivo adiós de Robinson. También se había hablado de una despedida general de todos los artistas juntos en el proscenio. Así que siguieron con los disfraces puestos por si acaso. Por ese motivo Evie se había quedado con los demás entre bastidores, cuando llegó Jack. La rozó al pasar y le dijo al oído: «Joder, Evie..., un puto loro.» Entonces Evie miró a su alrededor, pero Ronnie había desaparecido. Estaría en el camerino, supuso, para descansar un poco.

Pero no, tampoco volvieron a verlo en el camerino. Evie se quedó entre bastidores, para ver a Jack, pensando que Ronnie se reuniría con ella. Jack, en escena, también imprimió a su número un poco de brío extra, un poco de chispa y de garra extras. Animó a todos a que se unieran. Incluso entre bastidores cantaron al unísono con él.

Wake up, wake up, you sleepy head! (¡Despierta, despierta, cabecita adormilada!)

Se estaba dejando la piel allí.

Get up, get up, get out of bed! (Levanta, levanta, sal de la cama.)

Pero Ronnie se había ido. Se había ido de verdad. Habría podido estar sentado en el camerino, agotado, limpiándose el maquillaje. También él se había dejado la piel allí, ¿no? Había hecho su saludo final. Ahí queda eso, supéralo. ¿No era el Gran Pablo? Pero no. No lo encontraron por ninguna parte.

Todos buscaron, claro que buscaron. Todo el teatro buscó, buscó el personal de todas las atracciones del paseo. La policía de Brighton se puso a buscar. En cierto momento dio la impresión de que buscaba medio Brighton. Las indagaciones se extendieron a Londres. Forzaron la puerta de su casa y la registraron, al igual que la casa de su difunta madre. Mientras Evie se quedaba, Jack subió a la ciudad para hacer algunas averiguaciones por su cuenta, con una lista de teatros en la mano, encabezada por el Belmont.

Pero nada. Nadie había visto a Ronnie Deane y no

lo encontraban por ninguna parte. Lo más desconcertante, para algunos, fue que tampoco se encontró su disfraz –la capa de forro rojo, los guantes blancos y demás– ni sus trastos personales de magia, su verdadero saco de los trucos. Era una bolsa corriente, de cuero marrón, pero contenía cosas como una varita, una colección de pañuelos especiales, una llave grande y reluciente. ¿Y un cordón blanco?

Nada de esto se encontró, tampoco la bolsa. Ni palomas. Ni un loro.

La policía quiso saber –y lógicamente fue a Evie a quien interrogaron más concienzudamente– qué había sido aquello del loro. Ningún agente había presenciado la función y todos tendían a ser escépticos. ¿Un loro? ¿Un *arcoíris*? Eran policías, profesionalmente eran dados a dudar de lo que no veían, por así decirlo, con sus propios ojos. Pero tenían que conformarse con lo que les contaban.

¿Un loro? Pero ¿por lo general era una paloma? Vamos a ver, ¿dónde los guardaba, los loros y las palomas? ¿Dónde estaban ahora? Es posible que, como apenas tenían indicios de otra clase, se vieran obligados a seguir estas pistas, como si, a pesar de ellos mismos, la investigación se hubiera adentrado en el terreno de la magia o, mejor dicho, en la denuncia de su impostura. En realidad, no había que descartar que la magia fuera el verdadero culpable que andaban buscando. Y Evie había acabado por ser objeto de unos interrogatorios que solo había imaginado hasta entonces en algún oscuro rincón de su cerebro.

¿Fue este entonces su castigo? ¿Castigo o prueba?

Pero ¿cómo hacía él todas estas cosas?, le preguntaban. ¿Cómo se hacían? Cuando ella respondió que no lo sabía, no hizo más que aumentar las sospechas que ya recaían sobre ella. ¿No lo sabía o estaba ocultando algo? Miraban el anillo que la joven tenía en el dedo. Miraban, al parecer, sus motivaciones más profundas. Dio la impresión, al menos durante un tiempo, de que los agentes sospechaban que les estaban tomando el pelo a base de bien. O que todo era un engaño. Pero hay un momento en que las bromas dejan de ser simples bromas. Para la prensa local, incluso para la nacional, fue un auténtico regalo, cómo no. «Mago se esfuma.» «El número de la misteriosa desaparición del brujo de la costa.» Pero el horno no estaba para bollos de humor barato. Y estaba por medio otra idea, deprimente e indeseada, pero inevitable: el mar. El mar propiamente dicho. ¿El extremo del muelle? ¿Y si saltó?

Jack había dicho bromeando una vez, al inaugurarse el espectáculo: «Y si las cosas van realmente mal, compañeros, siempre podemos echar a correr y dar el salto. No podríais hacer esas cosas en el puto Hackney Empire.»

Buscaron. Llegaron lanchas de la policía, buzos. La costa en general, y no solo la de Brighton, se presta a estos incidentes cuando alguien, al parecer inexplicablemente, se «mete en el agua» y no vuelve a ser visto. Un montoncito de ropa, quizá, encima de los guijarros. Pero una capa con forro rojo y prendas parecidas no habrían sido difíciles de ver en la playa de Brighton. Y un hombre que vagara por las calles con un atuendo así, y que llevara en la mano una bolsa de cuero marrón, no habría llegado muy lejos.

Simplemente había desaparecido. No volvieron a verlo nunca más. Es prerrogativa de un mago y, quizá, su último recurso.

−¿Y está usted completamente segura, señorita White? ¿No se le ocurre ningún motivo por el que...?

No, no se le ocurría. No. ¿No lo sabía o no quería decirlo? Y a Jack hubo de decirle lo mismo, aunque de un modo diferente, más angustiado.

−No me preguntes, no me preguntes. ¿Cómo voy a saberlo?

Lo cual fue exactamente lo mismo que habría podido decirle a Ronnie el día que volvió de ver a su difunta madre, cuando él la miró a los ojos y ella adivinó lo que había visto en ellos. «No me preguntes, Ronnie, no me preguntes.»

Nunca lo encontraron, había desaparecido. Lo cual significaba, evidentemente, que nadie sabía nada en realidad. O que nunca lo sabría. Su caso fue como el de su pobre padre, que fue dado oficialmente por desaparecido, pero solo eso. Así que, en teoría...

La policía no tardó en perder interés. No había cadáver ni delito. En realidad, apenas había indicios de nada. Era un adulto, no un niño perdido (y Brighton tenía todos los veranos su ración de casos de esta índole). Esfumarse no era ilegal.

Y no fue asunto de la policía, ni siquiera en el momento más intenso de sus investigaciones, advertir el enfriamiento simultáneo −aunque fue más como una sacudida, un estremecimiento− que se producía en las relaciones de Evie White, la afligida ayudante y prometida de Ronnie Deane, con Jack Robbins, presentador del espectáculo.

Cuando Jack fue a Londres, Evie supo que era tanto para posibilitar una compungida separación como para cualquier otra cosa. Hablaron por teléfono cuando habrían podido hablar en la cama de él, en su domicilio, cuyas cortinas habían iluminado los relámpagos en otra ocasión. Cuando él telefoneó, ella pensó en la llamada de Ronnie de hacía un mes. Por restricciones de la policía, aunque no estaba exactamente detenida, conservó su domicilio, la cama que había sido suya y de Ronnie, pero que ahora era solamente suya. Qué espantosa fue aquella época. De qué modo tan espantoso seguiría en su recuerdo, decenios después.

Sin embargo, cuando la policía dio carpetazo al asunto y dijo que era libre de desplazarse, estuvo de nuevo, gracias a Dios, en la cama de Jack. Dos noches finales en Brighton, su recíproca evitación durante una quincena, como el curioso acuerdo de las parejas de no verse en vísperas de la boda.

Ronnie Deane, o el Gran Pablo, tendría ahora setenta y ocho años. En cualquier momento podía cruzar la puerta.

Pero había tenido la misma impresión, y demasiadas veces para enumerarlas, en relación con Jack. Es una de las tentaciones, de las torturas del dolor. En cualquier momento... Pero ¿cómo soportarlo, vivir con ello, sin esa provocativa y salvadora ilusión?

—¿Sabes, Evie? —había dicho George—. Me da la impresión de que podría entrar ahora mismo en este restaurante y sentarse a esta mesa.

En los ojos de Evie habían despuntado las lágrimas. George comprendió inmediatamente que había sido un error decir aquello. Le puso la mano en la muñeca, con amabilidad. El pañuelo de seda salió de su bolsillo de la pechera.

—No, George, estoy bien. También yo lo pienso. Todo el maldito tiempo. —Rió con ánimos brevemente—. A veces me parece oírle decir: «¿A que os he engañado a todos?»

Y a veces (habría podido decirle a George) le daba la sensación de que realmente había vuelto y entrado en la casa. O al menos alguien. Habría podido decir en voz alta —y quizá lo había hecho realmente—, con toda sencillez y naturalidad, sin alarmarse, como si el tiempo hubiera dado una voltereta hacia atrás: «Jack, ¿eres tú?»

Y si Jack sí, ¿por qué no Ronnie? ¿Tan extraordinario sería, teniendo en cuenta a qué había dedicado su vida?

—Hola, Evie. Ha pasado el tiempo. Pero bueno, aquí estoy. Aquí estamos.

Se siente muy cansada. El cielo se oscurece fuera. Las hojas del manzano silvestre pierden su color. No ha encendido las luces e incluso su cara parece fantasmagórica en el espejo. ¿Era realmente a *él* a quien había visto detrás de ella? Podría echar una siesta, una siesta breve. Qué día tan agotador. Se quita la blusa, la falda y las amontona en la silla. Se desliza bajo el edredón como bajo una ola acogedora. Se duerme enseguida, pero antes —o quizá sueña ya— estira un brazo y palpa el cálido bulto familiar. Entonces todo está bien, todo está en su sitio, él sigue ahí.

Impreso en
Liberdúplex, S. L. U.,
ctra. BV 2249, km 7,4 - Polígono Torrentfondo
08791 Sant Llorenç d'Hortons